C

Carlos Fuentes

La Desdichada

Traduit de l'espagnol (Mexique)
par Céline Zins

Gallimard

Cette nouvelle est extraite de *Constancia et autres histoires pour vierges* (Du monde entier, 1992).

Carlos Fuentes est né à Mexico en 1928. Fils de diplomate, il a poursuivi des études au Chili, en Argentine et aux États-Unis et reçu une éducation cosmopolite. En 1955, il participe avec l'écrivain Octavio Paz à la création de la *Revista mexicana de literatura* à Mexico. Trois ans plus tard, il publie son premier roman, *La plus limpide région*, un fourmillant tableau du Mexique des années 1950. En 1962, dans *La mort d'Artemio Cruz*, Fuentes fait revivre, à travers le prisme d'un destin particulier haut en couleur, toute l'histoire de la bourgeoisie issue de la révolution mexicaine du début du XXe siècle. De 1975 à 1977, il est ambassadeur du Mexique à Paris, où il avait longuement vécu auparavant. Il enseigne ensuite en Europe et aux États-Unis et se lie avec Gabriel García Márquez, Milan Kundera, William Styron, Juan Goytisolo. En 1975, il publie *Terra nostra*, une œuvre dans laquelle se mêlent l'histoire universelle et une imagination foisonnante. Il a reçu de nombreux prix : le prix national de littérature du Mexique en 1984, le prix Cervantes en 1987, le prix prince des Asturies en 1994. Il vit la plus grande partie de l'année à Londres.

Carlos Fuentes, auteur d'une quinzaine de romans, de récits, de nouvelles et d'essais dont *Cervantes ou la critique de la lecture*, est aujourd'hui considéré comme l'un des chefs de file de la littérature sud-américaine. Comme Carpentier ou Borges, il a su extraire le merveilleux d'un réel ordinaire et se considère comme un « passeur de cultures » entre le Vieux Continent et le Nouveau Monde.

Découvrez, lisez ou relisez les livres de Carlos Fuentes :

LES ANNÉES AVEC LAURA DIÁZ (*Folio n° 3892*)

APOLLON ET LES PUTAINS (*Folio 2€ n° 3928*)

CHRISTOPHE ET SON ŒUF (*Folio n° 2471*)

DIANE OU LA CHASSERESSE SOLITAIRE (*Folio n° 3185*)

L'INSTINCT D'INEZ (*Folio n° 4168*)

LA MORT D'ARTEMIO CRUZ (*Folio n° 856*)

L'ORANGER (*Folio n° 2946*)

LOS HIJOS DEL CONQUISTADOR / LES FILS DU CONQUISTADOR (*Folio Bilingue n° 101*)

LAS DOS ORILLAS/LES DEUX RIVES (*Folio Bilingue n° 148*)

LA PLUS LIMPIDE RÉGION (*Folio n° 1371*)

LE SIÈGE DE L'AIGLE (*Folio n° 4605*)

TERRA NOSTRA (*Folio n°s 2053 et 2113*)

LE VIEUX GRINGO (*Folio n° 2125*)

Aux amis du samedi,
Max Aub, Joaquín Diez-Canedo,
Jaime García Terrés, Bernardo Giner de los Ríos,
Jorge González Durán, Hugo Latorre Cabal,
José Luis Martínez, Abel Quezada
et, surtout, José Alvarado,
qui m'a fait comprendre cette histoire.

TONIO

… en ce temps-là nous étions étudiants à la Escuela Nacional Preparatoria où Orozco et Rivera avaient peint leurs fresques et nous fréquentions un café qui faisait le coin de la rue San Ildefonso et de l'avenue Republica de Argentina, nous dînions de pain sucré trempé dans du café au lait et nous discutions des livres que nous avions achetés à la librairie Porrua Hermanos si nous avions de l'argent ou dans les librairies d'occasion de la rue Republica de Cuba si nous en manquions : nous voulions devenir écrivains, on voulait faire de nous des avocats et des hommes politiques, nous étions en fait de simples autodidactes livrés à l'imagination d'une ville qui, malgré son altitude, donnait la sourde impression d'être enterrée, bien qu'elle fût à l'époque couleur de marbre et de volcan brûlé, qu'on y entendît sonner les cloches d'argent, qu'elle fleurât l'ananas et la coriandre et que l'air y fût si…

BERNARDO

Aujourd'hui j'ai vu La Desdichada pour la première fois. Tonio et moi nous partageons un petit appartement — l'équivalent local des mansardes de la bohème parisienne — dans la rue Tacuba, près de l'école de la rue San Ildefonso. L'avantage c'est que nous sommes dans une rue commerçante. Nous n'aimons pas faire les courses, mais deux étudiants célibataires doivent savoir se débrouiller sans être obligés d'avouer qu'il leur manque une mère de remplacement. Nous assurions les tâches ménagères à tour de rôle ; nous étions des provinciaux sans femme, ni mère, ni sœur, ni fiancée ni nourrice pour s'occuper de nous.

Tacuba a été une rue princière sous la vice-royauté. De nos jours, le mercantilisme le plus abominable s'en est emparé. Moi je viens de Guadalajara, une ville encore préservée, et je m'en rends compte. Tonio, lui, vient de Monterrey et comparativement, tout ici lui paraît beau et noble, alors qu'il n'y a pas un seul rez-de-chaussée dans cette rue qui ne soit accaparé par un marchand de meubles, une boutique de confection, une droguerie, une entreprise de pompes funèbres. Il suffit de lever les yeux — dis-je à Tonio qui a les siens pensifs derrière deux rangées de cils épais comme des balayettes — pour imaginer la noblesse de cette rue, ses proportions équilibrées, ses façades de tezontle rouge, ses écus de pierre blanche portant le nom de familles disparues, ses niches destinées à accueillir des saints et des pigeons. Tonio sourit et me dit que je suis un romantique ; que j'attends que l'art, la beauté et même le bien me descendent des hauteurs de l'esprit. Je suis un chrétien laïc qui a remplacé Dieu avec une minuscule par l'Art avec une majuscule. Tonio prétend qu'on trouve la poésie dans les devantures des magasins de chaussures. Je le regarde d'un air réprobateur. Qui n'avait lu Neruda à l'époque et fait sien son credo de la poésie des choses quotidiennes, des rues de la ville, des fantômes dans les vitrines ? Moi je préfère regarder les balcons de fer forgé et leurs battants écaillés.

La fenêtre vers laquelle était tourné mon regard distrait se referma rapidement et en redescendant, mes yeux rencontrèrent leur reflet dans une vitrine. Comme s'ils avaient formé un corps séparé du mien — tel un guide, un chien d'aveugle —, ils se heurtèrent à l'eau vitrée dans laquelle ils se mirent à nager jusqu'au moment où ils tombèrent sur ce que la devanture cachait — montrait. C'était une femme en robe de mariée. Alors que tous les mannequins exposés dans cette rue que Tonio et moi empruntions tous les jours sans rien remarquer de particulier, habitués que nous étions à la laideur globale comme aux beautés singulières de notre capitale, étaient éminemment oubliables de par leur désir d'être à la mode, cette femme attira mon attention à cause de sa robe à l'ancienne, boutonnée jusqu'au menton.

Cela se passait il y a longtemps et plus personne ne se souvient de ce qui était à la mode pour les femmes à l'époque. Celles-ci seront bientôt de vieilles femmes. Pas La Desdichada : la somptuosité de ses noces est éternelle, l'ampleur de sa traîne suprêmement élégante. Le voile qui recouvrait son visage au teint pâle laissait deviner la perfection de ses traits, nimbés de tulle. Les souliers de satin, à talons plats, révélaient la démarche d'une jeune fille altière mais réservée. Hardiesse et obéissance. D'entre les plis de la robe immobile émergea un lézard argenté qui se laissa glisser en zigzags tremblotants. Il alla chercher la zone ensoleillée de la devanture où il s'installa comme un touriste satisfait.

TONIO

Je suis allé voir le mannequin en robe de mariée parce que Bernardo a beaucoup insisté pour que j'y aille. Pour lui, c'était une vision exceptionnelle au milieu de ce qu'il appelle la vulgarité grouillante de Tacuba. Il est tout le temps en train de chercher des oasis dans la ville. Moi j'y ai renoncé depuis longtemps. Si l'on a envie de refuges campagnards au Mexique, il n'en manque pas dans le Michoacán ou le Veracruz. La ville doit être ce qu'elle est : béton, vapeurs d'essence et lumière artificielle. Moi je ne m'attendais pas à rencontrer dans une vitrine le grand amour de Bernardo et, en effet, je ne l'ai pas rencontré ; je n'ai donc pas eu à souffrir d'une quelconque déception.

Notre logement est très petit : tout juste une salle de séjour où dort Bernardo et une mezzanine où je monte pour la nuit. Dans le séjour il y a un lit étroit qui dans la journée sert de divan. Sur la mezzanine, un lit à baldaquin à montants métalliques que m'a donné ma mère. La cuisine et le cabinet de toilette sont dans la même pièce, au fond du séjour, derrière un rideau de perles, comme dans les films sur les mers du Sud. (Nous allions au cinéma Iris deux à trois fois par mois ; nous avions aussi vu ensemble *Pluie* de Somerset Maugham avec Joan Crawford et *Mers de Chine* avec Jean Harlow ; d'où certaines images que nous avions en commun.) Quand Bernardo me parla de la poupée dans la vitrine de la rue Tacuba, j'eus la bizarre impression qu'il avait envie de ramener celle qu'il avait baptisée La Desdichada (et moi, me laissant influencer, je commençai aussi à la nommer ainsi avant même de l'avoir vue, d'avoir vérifié son existence) dans notre appartement.

Il voulait décorer un peu notre pauvre logement.

Bernardo lisait et traduisait Nerval à l'époque. Toute une série d'images tirées de *El Desdichado* occupait son esprit : le veuf, un luth constellé, une étoile morte, une tour abolie ; le soleil noir de la mélancolie. Lisant et traduisant pendant nos moments de liberté estudiantine (longues nuits, matins insolites), il me disait qu'à l'instar des constellations d'étoiles qui se disposent de façon à prendre la forme d'un scorpion ou d'un lion, certaines syllabes cherchent à former un mot et ce mot (dit-il) cherche ardemment ses mots voisins (amis ou ennemis) jusqu'à former une image. L'image traverse le monde entier pour se réconcilier en une étreinte avec son image fraternelle, restée longtemps perdue ou hostile. Ainsi naît la métaphore, dit Bernardo.

Je me souviens de lui à l'âge de dix-neuf ans, pur et délicat avec son petit corps de Mexicain créole, mince, noble, héritier de siècles de gracilité corporelle, mais avec une tête forte et dure comme un casque de lion, crinière de cheveux noirs ondulés, et surtout le regard inoubliable : d'un bleu à rendre le ciel jaloux, fragile comme un berceau d'enfant, puissant comme un coup de pied lancé du fond d'un océan silencieux. Une tête de lion, disais-je, sur un corps de faon : une bête mythologique, en effet, le poète adolescent, l'artiste en train de naître.

Je le vois tel que lui-même ne peut se voir sans doute, et c'est pourquoi j'entends la prière de son regard. Le poème de Nerval est, littéralement, l'air d'une statue. Non pas l'air qui l'entoure, mais la statue faite de l'air même de la voix qui récite le poème. Quand il me demande d'aller voir le mannequin, je sais qu'en réalité il me demande, Tonio, offre-moi une statue. Nous ne pouvons pas en acheter une vraie. Peut-être que le mannequin du magasin te plaira. Tu ne peux pas ne pas la remarquer : elle porte une robe de mariée. Tu ne peux la rater. Elle a le regard le plus triste du monde. Comme s'il lui était arrivé quelque chose de terrible, il y a très longtemps.

De prime abord, je ne pus la reconnaître parmi tous les mannequins nus. Aucun ne portait de vêtements. Ça doit être le jour où l'on change la vitrine, me dis-je. À l'instar d'un corps vivant, un mannequin sans vêtement est un être sans personnalité. C'est un morceau de chair, un morceau de bois, je veux dire. Femmes au visage peint entouré d'ondulations, hommes à petite moustache et longues pattes bien dessinées. Les yeux fixes, les cils irisés, les joues laquées comme des calebasses : faces de paravent. Sous les visages aux yeux éternellement ouverts, on trouvait des corps raides, vernis, uniformes, sans sexe, sans poils, sans nombril. Guère différents, au sang près, des pièces de viande suspendues dans une boucherie. Oui, c'étaient des morceaux de viande.

Mais scrutant plus avant la vitrine que m'avait indiquée mon ami, je commençai à mieux distinguer. Une seule figure de femme était munie d'une vraie chevelure, pas des cheveux peints sur le bois, mais une perruque noire, un peu feutrée certes, une coiffure haute à l'ancienne, avec des bouclettes. Je décidai que ce devait être elle. On ne pouvait faire regard plus triste.

BERNARDO

Lorsque Tonio fit son entrée avec La Desdichada dans les bras, je ne pensai pas à le remercier. La femme en bois s'appuyait au corps de mon ami comme on dit que le Christ de Vélasquez pend sur sa croix : trop confortablement. Un seul bras de Tonio, qui est un homme du nord, grand et costaud, suffisait à la porter. Il la tenait par la taille tandis que les fesses de La Desdichada reposaient sur sa main.

Les jambes pendaient mollement et la tête de la jeune fille aux yeux ouverts était posée sur l'épaule de mon ami, ce qui la décoiffait.

Il entra avec son trophée et je voulus me montrer, pas vraiment fâché, mais désagréable. Qui lui avait demandé de la ramener à la maison ? Moi je lui avais simplement demandé d'aller la voir dans la vitrine.

— Mets-la où tu veux.

Il la posa par terre, debout, et nous tournant le dos, nous donnant à entendre que désormais elle était notre statue, notre Vénus callipyge aux belles fesses. Les statues sont toujours debout, comme les arbres (comme les chevaux qui dorment debout ?). Elle était indécente. Un mannequin nu.

— Il faut lui trouver une robe.

TONIO

Le commerçant de la rue Tacuba avait vendu la robe de mariée. Bernardo ne veut pas me croire. Qu'est-ce que tu t'imagines, je lui dis, que la poupée allait nous attendre dans cette vitrine en robe de mariée jusqu'à la fin des temps ? Le rôle d'un mannequin est de montrer le vêtement au passant pour que celui-ci ait envie de l'acheter, d'acheter le vêtement, pas le mannequin ! Personne n'achète un mannequin ! C'est un hasard que tu sois passé par là et que tu l'aies vue en robe de mariée. Il y a un mois, elle était peut-être en maillot de bain et tu ne l'as même pas remarquée. D'ailleurs personne ne s'intéresse au support. C'est le vêtement qu'on regarde, et le vêtement a été vendu. La fille est en bois, personne n'en veut, regarde, c'est ce qu'on appelle en cours de droit un objet fongible, une même chose sert au décousu et au raccommodé, tu peux en faire usage ou non… En plus, regarde, il lui manque un doigt, l'annulaire de la main gauche. Si elle a été mariée, elle ne l'est plus.

Il veut la revoir en robe de mariée, en tout cas au moins habillée. Il est gêné (attiré) par la nudité de La Desdichada. Il l'a lui-même assise au bout de notre pauvre table d'étudiants « aux maigres ressources », comme on dit par euphémisme à Mexico en l'an 1936.

Je la regarde du coin de l'œil ; je lui jette sur les épaules un vieux peignoir chinois dont un oncle à moi, vieux pédéraste de Monterrey, m'a fait cadeau pour mes quinze ans, avec ces paroles prémonitoires :

— Il y a des vêtements qui nous vont aussi bien aux unes qu'aux autres. Nous sommes toutes des coquettes.

Recouverte de cette aube de dragons paralytiques — or, écarlate et noir — La Desdichada baissa les paupières et ferma les yeux une fraction de centimètre. Je regardai Bernardo. Il ne la regardait pas dans son nouvel habillement.

BERNARDO

Ce que j'ai le plus aimé dans ce lieu à l'abandon où nous logions c'est le patio. Toute cour d'immeuble dans la capitale a son lavoir, mais le nôtre a une fontaine. On quitte le bruit de la rue Tacuba par une échoppe de cigarettes et de boissons pour pénétrer dans une ruelle sombre et humide, et tout à coup le monde éclate en soleil et en géraniums et au centre il y a la fontaine. Le bruit est loin. Il règne un silence aquatique.

Je ne sais pourquoi mais toutes les femmes de notre maison se sont donné le mot pour aller laver le linge ailleurs, dans d'autres lavoirs, aux fontaines publiques peut-être, ou dans les derniers canaux restants, ultimes vestiges de la cité lacustre que fut jadis Mexico. Maintenant les lagunes s'assèchent peu à peu, nous condamnant à la mort poussiéreuse. On assiste, donc, à un va-et-vient de paniers remplis de linge sale puis de linge propre, que les femmes les plus fortes mais les moins habiles portent dans leurs bras avec difficulté tandis que les plus ataviques les portent sur la tête, le dos bien droit.

Les grandes corbeilles de paille tressée, les couleurs indigo, blanc, sienne : il est facile de heurter une femme qui marche ainsi dressée, sans un regard ni à droite ni à gauche, de lui faire tomber sa corbeille, s'excuser, dérober une blouse, une chemise, n'importe quoi, pardon, pardon…

J'ai tant aimé ce patio de notre maison d'étudiants, cette grâce médiatrice entre le bruit de la rue et la pauvreté de notre logement. Je l'ai aimé autant que j'aimerais plus tard le palais des palais : l'Alhambra, palais aquatique où l'eau a, naturellement, pris forme d'azulejo. Je ne connaissais pas encore l'Alhambra à l'époque, mais notre modeste patio, dans ma mémoire émue, est doté des mêmes enchantements. Sauf qu'à l'Alhambra il n'y a pas de fontaine qui se soit asséchée comme ça, du jour au lendemain, révélant un fond de têtards gris, apeurés, pour la première fois attentifs à regarder ceux qui se penchent au-dessus du puits pour les regarder eux, tout au fond, privés d'eau, condamnés.

TONIO

Il me demanda pourquoi il lui manquait un doigt. Je répondis que je n'en savais rien. Il insista, comme si j'étais responsable de l'amputation de La Desdichada, comme si j'avais commis quelque négligence en la ramenant à la maison, *caray*, pour un peu il m'accusait de l'avoir mutilée exprès.

— Fais un peu attention avec elle, je t'en prie.

BERNARDO

Ils ne vont pas rester très longtemps à sec ces crapauds qui se sont emparés de la jolie fontaine du patio. Un gros orage se prépare. En grimpant l'escalier de pierre qui mène à notre appartement, on voit, par-dessus les toits plats et bas, les montagnes qui en été se rapprochent. À cette époque de l'année, ces géants de la vallée de Mexico — volcans, basalte et feu — traînent avec eux un cortège de pluie. C'est comme s'ils s'éveillaient de la longue sécheresse du haut plateau comme d'un sommeil cristallin et assoiffé, avec un impératif besoin de boire. Les géants ont soif et ils engendrent leur propre pluie. Les nuées qui durant toute la matinée ensoleillée se sont accumulées, blanches et spongieuses, s'immobilisent brusquement conscientes de leur gravidité grise. Le ciel d'été délivre chaque après-midi son orage ponctuel, abondant, passager, puis il entre en conflit avec toute la lumière accumulée durant le jour finissant et celle de l'aube suivante.

Il pleut tout l'après-midi. Je descends dans le patio. Pourquoi la fontaine ne se remplit-elle pas d'eau ? Pourquoi les bestioles sèches, ridées, protégées par les rebords de pierre de la vieille fontaine coloniale, me regardent-elles d'un air aussi angoissé ?

TONIO

Aujourd'hui ce sont des espaces spectraux : déserts nés de notre hâte. Moi je refuse l'oubli. Bernardo me comprendra si je lui dis que ces demeures citadines à l'abandon furent autrefois les palais de nos plaisirs. Les oublier c'est oublier ce que nous avons été et aussi ce que nous avons eu : un peu de joie, un temps, quand nous étions jeunes et que la méritant, nous ne savions pas la conquérir.

Il se moque de moi ; il dit que je cultive la poésie des bas-fonds. Bon, il faut bien que quelqu'un recueille le parfum, poétique ou non, du Waikiki en plein Paseo de La Reforma, près du Caballito, le cabaret de notre jeunesse. À l'intérieur, le Waikiki était couleur de fumée ; vu du dehors, il ressemblait à un palmier cancéreux, une plage malade, grise, sous la pluie. Jamais lieu de divertissement n'eut l'air plus sombre, plus dissuasif. Même ses enseignes lumineuses étaient repoussantes, carrées, vous

vous souvenez ? Tout s'y présentait en parfait ordre d'attraction : le chanteur ou la chanteuse en tête d'affiche, l'orchestre, puis le couple de danseurs, puis le magicien, le clown, les chiens. C'était comme une liste électorale, ou un menu d'ambassade, presque un faire-part de décès : ci-gisent un chanteur, un orchestre, deux danseurs de salon, un magicien…

Les femmes étaient à l'image du lieu, de la même couleur de fumée que le cabaret. C'est pour elles que nous allions là-bas. La société fermée nous refusait l'amour. Nous croyions qu'en laissant à la maison les demoiselles que nous ne pouvions séduire physiquement sans les gâcher pour le mariage, nous pouvions venir étudier le droit dans la capitale et y rencontrer, comme dans les romans de Balzac ou d'Octave Feuillet, une maîtresse d'âge mûr, mariée, riche, qui nous introduirait, en échange du vasselage de notre virilité, aux cercles de la fortune et du pouvoir. *Hélas,* comme dirait Rastignac, la révolution mexicaine n'allait pas encore jusqu'à la liberté sexuelle. La ville était si petite à l'époque que tout se savait ; les groupes d'amis étaient exclusifs, et si à l'intérieur de ces groupes les membres s'aimaient les uns les autres, nous il ne nous revenait pas la moindre miette du banquet.

Nous pensions à nos fiancées de province, préservées comme des abricots, maintenues en état de pureté derrière des grilles, à peine accessibles à quelques sérénades, et nous nous demandions si dans la capitale, notre destin de provinciaux ne faisait pas que gagner un degré dans le sordide : ou bien nous nous trouvions une bonne petite fiancée, ou bien il fallait aller danser avec les entraîneuses du Guay. Elles étaient presque toutes petites, poudrées, les yeux très noirs, parfum bon marché, buste malingre, fesse plate, jambe molle, hanche large. Grosses lèvres, cheveux très raides, parfois retenus avec des pinces, jupe courte, bas à résilles, points d'interrogation collés sur les joues, une ou deux dents en or, quelques trous de varicelle, le talon rivé au parquet de la piste, le bruit du talon pour aller danser puis pour revenir aux tables, et entre les deux claquements de talons le chuintement de la pointe des pieds glissant au son de la grand-messe du danzon.

Que cherchions-nous en elles si elles étaient si laides ces hétaïres de bas étage ? Le sexe seulement, qui lui non plus n'était pas formidable ?

Nous recherchions la danse. C'est tout ce qu'elles savaient faire ces guenons du Guay : ni s'habiller, ni parler, ni même faire l'amour. Seulement danser le danzon. C'était ça leur truc : expertes en danzon, qui est une cérémonie de la lenteur. On dit que le meilleur danzon s'exécute sur la surface d'un timbre-poste.

Le second prix revenant au couple à qui il ne faut pas plus que la dimension d'une brique. Tant les corps sont collés l'un à l'autre, tant les mouvements sont imperceptibles. Tant est savante la chair vêtue, chair palpitante dans sa quasi-immobilité, entre semblant de danse et semblant de sommeil.

Qui aurait dit que ces filles qui ressemblaient à des vaches avaient en elles le génie du danzon, capables d'évoluer au rythme exact de la flûte et du violon, du piano et de la calebasse ?

Ces petits boudins sensuels surgis des banlieues vénériennes d'une ville qui ne connaissait pas encore le papier toilette ni les serviettes hygiéniques, une ville aux mouchoirs sales d'avant le Kleenex et le Kotex, rends-toi compte, Bernardo, cette ville où les pauvres se lavaient encore avec des feuilles d'épis de maïs, quelle modeste et lacérante poésie tirait-elle de ses sentiments forcément emprisonnés ? Parce que notre monde de misère rurale exilé des haciendas détruites à la ville à construire, emportait avec lui la peur de faire du bruit, de déranger les messieurs et d'être punis par eux.

Le cabaret était la réponse. La musique du boléro permettait à ces femmes rescapées de la campagne, exploitées de nouveau par la ville, d'exprimer leurs sentiments les plus intimes, vulgaires sans doute mais réprimés ; le danzon leur permettait le mouvement immobile de leur corps d'esclave : ces femmes avaient la scandaleuse élégance du serf qui a la témérité de prendre la pose, c'est-à-dire d'attirer l'attention sur lui.

Bah, allons au Waikiki, dis-je à Bernardo, allons coucher avec des entraîneuses, avec qui d'autre sans ça ? tu n'as qu'à t'imaginer, au besoin, que tu passes la nuit avec Marguerite Gautier ou Delphine de Nucingen ; on va en profiter pour leur voler ce qu'il nous manque pour le trousseau de La Desdichada. On ne peut pas la laisser en peignoir toute la journée. C'est indécent. Que vont dire nos amis ?

TONIO ET BERNARDO

— Comment préfères-tu mourir ?

BERNARDO

Ma mère était veuve de la Révolution. L'iconographie populaire s'est chargée de répandre la figure de la *soldadera* qui accompagne les soldats dans leurs combats. On la voit perchée sur les toits des trains et s'affairant autour des bivouacs. Mais les veuves qui ne bougèrent pas de chez elles, c'est autre chose. Comme ma mère : des femmes sévères et résignées, vêtues de noir depuis le jour de la fatale nouvelle : Madame, votre mari est tombé au champ d'honneur, à la bataille de Torreón, ou de La Bufa, ou de Santa Rosa. Cela peut signifier qu'on est la veuve d'un héros. Mais être la veuve de la victime d'un assassinat politique, ce n'est pas la même chose, peut-on penser. Vraiment ? Tout soldat qui meurt n'est-il la victime d'un crime politique ? Et même, toute mort n'est-elle un assassinat ? Nous mettons longtemps à nous faire à l'idée que l'être que nous avons perdu n'a pas été assassiné, avant d'attribuer cette mort à la volonté divine.

Mon père est mort avec Carranza. Je veux dire qu'après le meurtre du Premier Chef à Tlaxcalantongo, mon père qui était son ami a été assassiné lui aussi au cours d'une de ces nombreuses vengeances menées contre les partisans du Président. Une guerre non déclarée qui eut lieu non plus sur les champs de bataille de l'honneur militaire, mais dans les arrière-boutiques de la terreur politique. Ma mère ne se résigna pas. Elle étala l'uniforme de mon père sur son lit. La tunique aux boutons argentés. Le képi aux deux étoiles. La culotte de cheval et le gros ceinturon avec la gaine vide du pistolet. Les bottes au pied du lit. Tel fut son *Te Deum* domestique perpétuel.

Elle passait là des heures, à la lumière des lampes votives qui diffusaient une lueur orangée, époussetant la tunique, faisant briller les bottes. Comme si la gloire et le requiem d'un combat révolu l'accompagnaient toujours, elle. Comme si cette cérémonie de deuil et d'amour était le gage qu'un jour l'époux (le père) reviendrait.

Je pense à tout ça parce qu'à nous deux, Tonio et moi, nous avons réussi à constituer une garde-robe pour La Desdichada, que nous avons exposée sur le lit à baldaquin. Une blouse blanche à volants (prise aux lavandières dans la cour) et une jupe courte de satin noir (prise aux filles du Waikiki). Des bas noirs (cadeau d'une petite boulotte nommée Denada, dit Tonio en riant). Mais, pour je ne sais quelle raison, nous n'avons pas réussi à trouver de chaussures. Et Tonio affirme que La Desdichada n'a pas besoin de vêtements de dessous. Ce qui me fait douter de ses histoires donjuanesques. Il n'est peut-être pas allé aussi loin qu'il le prétend avec la poule du Waikiki. Moi j'estime au contraire que si nous voulons traiter correctement La Desdichada, nous ne pouvons pas la priver de culotte et de soutien-gorge, pour le moins.

— Eh bien, dis-moi un peu où on va prendre ça, mon vieux. Moi j'ai fait ce qu'il fallait. Toi tu n'as même pas levé le petit doigt.

Elle est assise à table, dans le peignoir chinois de l'oncle pédé. Elle ne bouge pas les yeux, évidemment ; elle a le regard fixe, fixé sur Tonio.

Pour détourner cette attention gênante, je m'empresse de la prendre par un bras, je la lève et je dis à Tonio qu'il faut la coiffer, l'habiller, la mettre à l'aise, cette pauvre Desdichada ! elle a l'air toujours si lointaine et solitaire, j'essaie de rire, un peu d'attention ne lui ferait pas de mal, un peu d'air frais non plus.

J'ouvre la fenêtre qui donne sur la cour, laissant le mannequin dans les bras de Tonio. Les grenouilles n'arrêtent pas de croasser. L'orage s'accumule au-dessus des montagnes. Les bruits de la ville les plus ténus, aiguisés par le silence qui précède l'averse, m'agressent l'oreille. Les rémouleurs me font un effet sinistre, les fripiers pire encore.

Je me retourne et soudain, La Desdichada a disparu : je ne la vois plus là où je l'ai laissée, là où elle devrait être, où j'ai décidé qu'était sa place, devant la table. Je m'écrie sans le vouloir : « Qu'est-ce que tu en as fait ? » Tonio apparaît seul d'entre les perles du rideau du coin toilette. Il a une égratignure sur la figure.

— Rien. Je me suis coupé. Elle sort tout de suite.

BERNARDO ET TONIO

Pourquoi n'osons-nous pas ?

...

Pourquoi n'osons-nous pas lui inventer une vie ? Le moins que puisse faire un écrivain c'est offrir un destin à ses personnages. Il ne nous en coûterait rien de le faire ; personne ne nous demanderait des comptes. Sommes-nous incapables de donner une histoire à La Desdichada ? Pourquoi ? La sentons-nous si démunie ? N'est-il possible de lui imaginer une patrie, une famille, un passé ? Qu'est-ce qui nous en empêche ?

…

Nous pouvons en faire une maîtresse de maison. Elle nous tiendrait notre coin bien en ordre. Elle pourrait faire les courses. Nous aurions plus de temps pour lire et écrire, pour voir les amis. Ou nous pourrions la lancer dans la prostitution. Elle contribuerait ainsi aux dépenses de la maison. Nous aurions plus de temps pour lire et écrire. Pour voir les copains et nous sentir des vrais mecs. Nous rîmes. Est-ce qu'elle intéresserait quelqu'un comme pute ? C'est un défi à l'imagination, Bernardo. Comme les sirènes. Par où ?

Rires.

Être mère ?

Qu'est-ce que tu dis ?

Qu'elle pourrait être mère. Ni servante ni pute. Mère, lui donner un enfant, la vouer au soin de son enfant.

Par où ?

Nous rions aux éclats.

TONIO

Aujourd'hui a eu lieu le dîner de La Desdichada. La poupée est restée dans le peignoir chinois de mon oncle le pédé. Rien ne lui va mieux, avons-nous décidé Bernardo et moi, surtout parce qu'elle a elle-même envoyé les invitations et que, telle une grande cocotte ou une excentrique anglaise dans son château, elle peut se permettre de recevoir en robe de chambre : au diable les conventions !

La Desdichada reçoit. De huit à onze. Elle exige la ponctualité. Elle, elle n'arrive jamais en retard, avions-nous averti nos amis : ponctualité britannique, n'est-ce pas ? Puis nous nous sommes assis pour les attendre, de part et d'autre de la poupée, moi à sa gauche, Bernardo à sa droite.

Il m'est venu à l'esprit qu'une fête dissiperait le petit nuage que j'ai vu pointer hier dans nos relations, quand je me suis coupé en me rasant tandis qu'elle me regardait, assise sur le W.-C., les jambes croisées. Assise là comme quelqu'un qui ne veut pas, genou serré contre genou. Quelle coquette ! Le W.-C. était simplement l'endroit le plus commode pour l'installer pour qu'elle voie comment je me rase. Elle m'a rendu nerveux, c'est tout.

Je n'ai pas raconté ça à Bernardo. Je le connais trop bien, et je n'aurais peut-être pas dû emmener la poupée avec moi dans la salle de bains. Je le regrette, sincèrement, et je voudrais lui demander pardon sans fournir d'explications. Mais je ne peux pas ; il ne comprendrait pas, il a besoin de tout verbaliser, à commencer par les émotions. En réalité, quand il s'est détourné de la fenêtre et qu'il nous a cherchés des yeux sans nous trouver, j'ai passé le nez par le rideau de perles et je l'ai vu contempler le vide. Je me suis dit à ce moment-là qu'on ne voit que ce que l'on veut voir. Et pendant un instant, j'ai été pris d'un sentiment d'angoisse.

J'ai donc voulu dissiper le malentendu en proposant un peu d'amusement, et il a été d'accord. Nous avons aussi cela en commun : un certain sens de l'humour, lequel, sans que nous le sachions à l'époque, était à la mode en Europe sous la forme du jeu dadaïste. Il est toutefois évident que le surréalisme mexicain n'a jamais eu besoin de l'aval européen ; nous sommes surréalistes par nature, de naissance, comme le prouvent tous les tours que nous avons joués au christianisme, mélangeant les sacrifices humains et l'hostie, déguisant les prostituées en déesses, nous promenant à l'aise entre l'étable et le bordel, l'origine et le calendrier, le mythe et l'histoire, le passé et le futur, le cercle et la ligne, le masque et le visage, la couronne d'épines et la couronne de plumes, la mère et la vierge, la mort et le rire : nous avons cinq siècles, nous disions-nous très pince-sans-rire, en jouant aux charades avec le plus exquis de tous les cadavres, celui de Notre-Seigneur Jésus-Christ, dans nos cages de verre ensanglantées — comment ne pas jouer avec le pauvre cadavre en bois de La Desdichada ? On y va ? Hop ! Pourquoi pas ?

C'est elle qui invitait. La Desdichada reçoit, elle reçoit en robe de chambre comme une grande courtisane française, comme une geisha, comme une grande dame anglaise dans son château, elle se prévaut du label d'excentricité pour le transformer en label de liberté.

BERNARDO

Qui a envoyé ces fleurs brûlées une heure avant le dîner ?

Qui ça peut être ?

TONIO

Il n'est pas venu grand monde au dîner. De toute façon, il n'y a pas de *place* pour beaucoup de monde dans l'appartement, mais peut-être que Bernardo et moi nous pensions qu'une fête nombreuse, comme on en donne communément à Mexico (il y a beaucoup de solitude à pallier : plus qu'ailleurs), donnerait une tournure orgiaque à la soirée. Je désirais secrètement voir La Desdichada perdue au milieu d'une assemblée insatisfaite, voire grossière ; je nourrissais la fantaisie que portée par une multitude de corps indifférents, le sien cesserait de l'être : manipulée, ballottée, passée de main en main, bête de cocktail, elle serait toujours une poupée mais personne ne s'en rendrait compte : elle serait comme tout le monde.

Tous la salueraient, lui demanderaient son nom, ce qu'elle fait dans la vie, voire son état de fortune, puis ils passeraient rapidement à la personne suivante, convaincus qu'elle avait répondu à leurs questions, comme elle est spirituelle ! comme elle est drôle !

— Je m'appelle La Desdichada. Je suis mannequin professionnel. Mais je ne suis pas payée pour mon travail.

En vérité, trois garçons seulement répondirent à notre invitation. Il faut être d'un naturel *curieux* pour accepter un dîner comme le nôtre un lundi soir, au début d'une semaine de cours. Nous ne fûmes pas surpris que deux sur trois de nos convives fussent des fils de familles aristocratiques déchues en ces années de tumulte et de confusion. Rien n'a duré plus d'un demi-siècle au Mexique hormis la pauvreté et les curés. La famille de Bernardo, qui avait été très puissante à l'époque du libéralisme, n'a plus aujourd'hui une once de pouvoir politique, de même que les familles de Ventura del Castillo et d'Arturo Ogarrio, qui avaient connu leur heure de gloire sous la dictature, ont perdu toute influence. La violence de l'histoire du Mexique constitue un grand facteur de nivellement. Celui qui se trouve un jour à la cime se réveille le lendemain, si ce n'est dans l'abîme, en tout cas dans la plaine : le marais des classes moyennes dont la majeure partie s'est formée à partir des déchus appauvris d'aristocraties éphémères. Ventura del Castillo, qui s'était autoproclamé « nouveau pauvre », était plus anxieux d'échapper à la classe moyenne qu'à la pauvreté. Pour y parvenir, il avait choisi l'excentricité. Il était le comique de l'école et son physique l'y aidait. À vingt ans, il était gros et affecté, avec une petite moustache fine, des joues rouges et des yeux d'agneau amoureux derrière un perpétuel monocle. La drôlerie lui permettait de surmonter toute situation humiliante liée à son déclin social ; ses outrances, au lieu de provoquer les moqueries de ses condisciples, lui valaient un respect étonné ; il refusait le mélo des familles déchues ; ce qui ne l'empêchait pas, curieusement, d'accepter l'idée de « femme déchue », et en entrant chez nous, c'est sans doute ce qu'il croyait que nous lui offrions, Bernardo et moi : une Nana au rabais, sortie d'un de ces cabarets de tolérance que nous fréquentions tous, aristocrates ou non, à l'époque. Ventura avait sa phrase toute prête et la présence de La Desdichada l'autorisa à déclarer :

— Le mélodrame n'est qu'une comédie sans humour.

Le côté un peu orozquien (expressionniste, disait-on) de La Desdichada enveloppée dans son peignoir chinois, avec son maquillage immobile, ne troubla point notre ami, mais flatta en revanche son sens inné du grotesque. Où qu'il se trouvât, Ventura devenait le centre d'attraction de l'assemblée quand il se mettait à manger son monocle à l'heure du dîner. Nous soupçonnions tous son monocle d'être en gélatine ; il accompagnait sa déglutition de bruits si épouvantables que tout le monde finissait par rire, à la fois de dégoût et de crainte, jusqu'à ce que le garçon parachève sa plaisanterie en se rinçant la bouche avec de la bière et en avalant, en guise de dessert, son éternelle fleur à la boutonnière : une simple marguerite.

Pour toutes ces raisons, la rencontre de Ventura del Castillo avec La Desdichada fut pour lui une sorte de mise en échec inattendue : nous lui présentions quelqu'un qui le battait sur le terrain de l'excentricité. Il la regarda et ses yeux nous demandèrent : est-ce une poupée ou une actrice géniale ? La reine de l'immobilité faciale ? Bernardo et moi échangeâmes un regard. Nous nous demandâmes si Ventura allait voir en nous, et non dans La Desdichada, les excentriques de l'histoire, comme si nous voulions lui disputer son ascendance.

— Ce que vous êtes *cachondos* ! s'écria en riant notre gros copain, qui affectait les formules verbales madrilènes.

— Elle doit être paralytique, tout simplement !

Arturo Ogarrio, en revanche, ne voyait rien de drôle dans sa propre décadence. Il souffrait d'être obligé de faire ses études avec la plèbe à la Prépa de San Ildefonso ; il ne pouvait se résigner d'avoir dû renoncer à s'inscrire, comme les deux générations précédentes de sa famille, à l'école militaire de Sandhurst en Angleterre. Son amertume était lucide. Il contemplait avec une sorte de clairvoyance venimeuse tout ce qui arrivait en ce monde de « la réalité ».

— Ce que nous avons laissé derrière nous était une illusion, me déclara-t-il un jour, comme si j'étais responsable de la révolution mexicaine et que lui — noblesse oblige — devait me remercier de lui avoir dessillé les yeux.

Vêtu de manière austère, tout en gris sombre, veste, col dur et cravate noire, portant le deuil d'un temps perdu, Arturo Ogarrio comprit tout de suite de quoi il s'agissait : c'était une blague, un mannequin de bois présidait un dîner de potaches, et deux copains la tête pleine de références littéraires voulaient mettre à l'épreuve l'imagination d'Arturo Ogarrio, nouveau citoyen de la république de la réalité.

— Tu veux entrer dans notre jeu, oui ou non ? — C'est tout ce que nous demandions à notre revêche condisciple.

Son visage extrêmement pâle, mince, sans lèvres, avait les yeux brillants de l'esthète frustré parce qu'il identifie l'art à l'oisiveté : manquant de l'une, il ne conçoit pas l'autre. Il se refuse à devenir dilettante. Nous lui offrions peut-être justement cela et rien que cela : une insouciance, la marginalité esthétique, sans importance, par rapport à la réalité quotidienne. Il était sur le point de nous mépriser. Quelque chose le retint, que je voulus interpréter comme son refus des concessions, qui allait de pair avec son mépris du dilettantisme. Il ne prendrait pas partie, ni pour la réalité ni pour la fantaisie. Il jugerait en fonction des circonstances et des initiatives des uns et des autres. Il se croisa les bras et nous contempla avec un sourire sévère.

Le troisième convive, Teófilo Sánchez, était le bohème professionnel de l'école : poète et peintre, chanteur de mélodies traditionnelles. Il avait sans doute vu des gravures anciennes ou des films récents, ou on lui avait simplement dit que les peintres portent la cape et le chapeau à larges bords, et les poètes les cheveux longs et la lavallière à fleurs. En bon excentrique, Teófilo préférait arborer des chemises de cheminot sans cravate, des vestes courtes et la tête découverte (en cette époque de chapeau obligatoire) : il se montrait agressivement dénudé, le crâne presque rasé, coupe que l'on associait alors avec les écoles allemandes ou les recrues de bas niveau social dans l'armée. Ses traits lâches, qui faisaient penser à une masse de seigle avant d'être passée au four, les raisins animés de son regard, l'abondance irréfléchie de son langage poétique, ressemblaient à une illustration de la phrase de Ventura dont je faisais l'éloge tout à l'heure avec un sourire aigre : le mélodrame n'est qu'une comédie sans humour.

Cette phrase m'était-elle destinée, à moi qui écris déjà de petites chroniques sur les menus faits de la capitale, avec leur poésie mineure, de mauvais goût sans doute, sur les dancings populaires, l'entraîneuse et le maquereau, les couples de faubourg, la trahison et la jalousie, les squares miteux et les nuits insomniaques ? N'oublie pas les statues classiques des jardins et les idoles oubliées des pyramides, me corrigeait et ajoutait Bernardo, pince-sans-rire. Ventura se moquait de Teófilo parce que Teófilo voulait faire rire. Arturo voyait Teófilo comme ce qu'il était et serait : jeune, une curiosité ; vieux, une pitié.

Qu'allait faire le barde de la bohème, après que nous eûmes avalé deux ou trois verres chacun, si ce n'est se lancer dans l'improvisation de quelques vers exécrables sur notre châtelaine, assise là imperturbable. Nous vîmes le rictus de mépris sur la bouche d'Arturo, et Ventura profita d'un soupir de Teófilo pour rire aimablement et dire que la *donna immobile* ferait le meilleur Tancrède dans une course de taureaux. Dommage que la femme, qui avait inventé l'art de la tauromachie en Crète (et qui a continué à faire les délices du cirque comme écuyère), ne puisse plus figurer comme actrice de la scène dans l'arène moderne. Le Tancrède — le gros et rubicond Ventura commença son imitation en se léchant les lèvres en cul-de-poule, puis en s'humectant un doigt avec de la salive qu'il passa ensuite de manière très parodique sur ses sourcils — est placé au centre de l'arène — comme ça — et ne bouge sous aucun prétexte car il y va de sa vie. Son mouvement futur dépend de son immobilité présente — il se planta, le corps paralysé, devant la poupée rigide — au moment où le toril s'ouvre — comme ça — et où le taureau lâché, comme ça, comme ça, cherche le mouvement, le taureau se meut aimanté par le mouvement de l'autre, et alors le Tancrède est là, il ne bouge pas, et le taureau ne sait pas quoi faire, il attend un mouvement pour l'imiter et attaquer : Ventura del Castillo immobile face à La Desdichada assise entre Bernardo et moi, Arturo debout contemplant la scène avec un cynisme poli, Teófilo confus, le verbe au bord de l'apoplexie et l'inspiration au bord de l'agonie : mains tendues, le geste et la parole interrompus par l'acte immobile de Ventura, Tancrède parfait, figé au centre de l'arène, défiant le vaillant taureau de l'imagination.

Notre ami était devenu comme l'image de la poupée de bois dans le miroir. Bernardo était assis à la droite de La Desdichada, moi à sa gauche. Silence, immobilité.

C'est alors que nous entendîmes le soupir et nous nous tournâmes tous vers elle. Sa tête tomba de côté sur mon épaule. Bernardo se leva en tremblant, il la regarda, recroquevillée sur mon épaule — comme ça —, il la prit par les épaules — comme ça, comme ça — et la secoua, je ne savais que faire, Teófilo balbutia une ineptie et Ventura resta fidèle à son jeu. Le taureau chargea, mais lui comment allait-il bouger s'il n'était pas suicidaire, caramba !

Je pris la défense de La Desdichada, je dis à Bernardo de se calmer.

— Tu lui fais mal, salaud !

Arturo Ogarrio laissa retomber ses bras et déclara allons-nous-en, je crois que nous sommes en train d'empiéter sur la vie privée de ces gens.

— Bonsoir madame, dit-il à La Desdichada soutenue par Bernardo d'un côté, par moi de l'autre. Merci pour cette charmante soirée. J'espère vous rendre la pareille un de ces jours.

TONIO ET BERNARDO

Comment préfères-tu mourir ? Tu te vois crucifié ? Ça te plairait de mourir comme Lui ? Tu oserais ? Tu demanderais une mort comme la Sienne ?

BERNARDO

Profitant du sommeil lourd de Tonio après le dîner, je contemple La Desdichada pendant des heures.

Elle est retournée à sa place au bout de la table, avec son peignoir chinois ; je l'examine en silence.

Son sculpteur lui a donné un visage aux traits classiques, nez droit et yeux bien écartés, moins ronds que ceux des mannequins ordinaires, qui ont l'air de caricatures, surtout dans cette obstination à leur peindre des cils en éventail. Les yeux noirs de La Desdichada, eux, sont pleins de langueur : ses paupières de saurien, allongées, lui donnent ce regard. Sa bouche, en revanche, petite, figée, peinte en forme de boutonnière, ressemble à celle de n'importe quel mannequin de vitrine. Le menton redevient singulier, légèrement prognathe, à la manière des princesses espagnoles. Elle a aussi un long cou, idéal pour ces robes anciennes boutonnées jusqu'aux oreilles, selon la formule du poète López Velarde. En vérité, La Desdichada est dotée d'un cou qui convient à tous les âges : pour se montrer dans sa nudité juvénile d'abord, puis pour arborer une écharpe de soie, puis un collier de perles.

Je dis « son sculpteur » alors que je sais que ce visage n'est ni artistique ni humain parce qu'il s'agit d'un moule, tiré à des milliers d'exemplaires et distribué dans tous les commerces du monde. Il paraît que les mannequins des vitrines sont les mêmes au Mexique, au Japon, en Afrique noire ou dans le monde arabe. Le modèle est occidental et tous les autres l'acceptent. En 1936, personne n'a encore vu un mannequin chinois ou africain. Simplement, sur la base du modèle classique, il y a des variantes : certaines rient et d'autres non. La Desdichada ne sourit pas ; son visage impassible est une énigme. Mais il ne l'est, je le reconnais, que parce que j'ai décidé qu'il le serait. Je veux voir ce que je vois parce que je lis et traduis un poème de Gérard de Nerval dans lequel le bonheur et le malheur sont comme des statues fugitives, des mots dont la perfection implique l'immobilité de la statue, tout en sachant que cette fixité est déjà son imperfection : son mal-être. La Desdichada n'est pas parfaite : il lui manque un doigt et j'ignore si elle a été amputée à dessein ou par accident. Les mannequins ne bougent pas, mais on les bouge sans précaution.

BERNARDO ET TONIO

Il m'a lancé un défi : tu oserais la sortir dans la rue en la tenant par le bras ? Tu l'emmènerais dîner chez Sanborns, hein ? Tu serais prêt à risquer ta réputation en te montrant avec La Desdichada, muette, le regard fixe, sans un sourire ? Qu'est-ce qu'on dirait de toi ? Tu t'exposerais au ridicule pour elle ? Je vais te dire, mon pote : tu ne ferais rien de ce genre. Tu la veux simplement ici dans la maison, pour toi tout seul si possible (tu crois que je ne sais pas déchiffrer tes regards, tes gestes d'impuissance rageuse ?) ou à défaut, à nous deux. Moi, oui, je vais la sortir. Je vais l'emmener promener. Tu vas voir. Dès qu'elle se sera remise de tes mauvais traitements, je vais l'emmener partout, elle est tellement vivante, je trouve, elle a l'air vivante, d'ailleurs tu as vu, nos amis s'y sont même trompés, ils lui ont dit bonjour, et au revoir ; ce n'est qu'un jeu ? eh bien, vive le jeu ! quand un certain nombre de gens entrent dans un jeu, ça n'en est plus un, et alors, alors si ça se trouve tout le monde la verra comme une vraie femme, et alors, alors, s'il arrivait un miracle et qu'elle se mettait vraiment à vivre ? Je vais donner sa chance à cette... à notre femme, c'est ça, *notre* femme. Je vais lui donner sa chance. Mais dis-toi qu'en ce cas, elle pourrait bien n'être qu'à moi. Qu'est-ce qui se passerait, hein, si elle prenait vie et qu'elle disait : C'est toi que je préfère parce que tu as eu foi en moi, lui non, toi tu es sorti avec moi alors que lui n'a pas osé, toi tu m'as emmenée danser alors que lui a eu peur du ridicule, hein ?

TONIO

Elle m'a glissé à l'oreille, d'une voix terreuse : Comment aimerais-tu mourir ? Tu te vois couronné d'épines ? Ne te bouche pas les oreilles. Tu veux me posséder et tu n'es pas capable de penser à une mort qui susciterait mon adoration ? Eh bien, je vais te dire ce que je ferai de toi, Tonio, âne-Tonio !

BERNARDO

La Desdichada passa une très mauvaise nuit. Elle poussait des gémissements à fendre l'âme. Il fallait être très attentif pour les percevoir.

TONIO

Au réveil, je me regarde dans la glace. J'ai le visage tout égratigné. Je cours la regarder elle. Nous avons passé la nuit ensemble, je l'ai explorée avec minutie, comme une véritable amante. Je n'ai pas laissé le moindre centimètre de son corps sans l'avoir examiné, embrassé. Ce n'est qu'en constatant mes plaies que je retourne auprès d'elle pour découvrir ce que j'ai vu cette nuit mais que j'ai oublié. La Desdichada a deux sillons invisibles sur ses joues vernies. Rien ne coule de ces blessures réparées, arrangées sans trop d'art par le fabricant de mannequins. Mais quelque chose a coulé un jour sous la peinture.

BERNARDO

Je lui ai rappelé que je ne lui avais pas demandé de l'acheter ni de la ramener ici, je lui avais simplement proposé de passer la voir, c'est tout, ce n'avait pas été une idée à moi de l'amener ici, l'idée était de lui, mais cela ne te donne aucun droit de propriété, c'est moi qui l'ai vue en premier, je ne sais pas ce que je dis, peu importe, elle peut très bien me préférer moi, attention, pourquoi pas après tout, je suis plus beau que toi, je suis meilleur écrivain que toi, je suis... Ne me menace pas, salaud ! Ne lève pas la main sur moi ! Je sais me défendre, n'oublie pas, tu le sais parfaitement, salaud ! Je ne suis pas manchot, je ne suis pas en bois, je ne suis pas...

— Tu es un môme, Bernardo. Mais ta puérilité fait partie de ton charme poétique. Méfie-toi de la sénilité. Puéril et sénile, ça c'est trop en même temps. Tâche de bien vieillir. On verra si tu y arrives.

— Et toi, pauvre con ?

— Je mourrai avant toi. Ne t'en fais pas. Je ne te donnerai pas le plaisir d'assister à ma déchéance.

BERNARDO ET TONIO

Quand je l'ai prise dans mes bras pour l'emporter, elle m'a dit en secret : Habille-moi. Pense que je suis nue. Pense à tous les vêtements que j'ai abandonnés dans les différentes maisons où j'ai vécu. Un manteau ici, une jupe là, des barrettes et des épingles, des broches et des crinolines, des collerettes et des gants, des souliers de satin, des robes du soir en taffetas et en lamé, des robes de ville en lin et en soie, des bottes, des chapeaux de paille et des chapeaux en feutre, des étoles de fourrure et des ceintures en lézard, des colliers de perles et des émeraudes, des diamants sertis dans l'or blanc, des parfums de santal et de lavande, des crayons à paupières et des crayons à lèvres, des robes de baptême, des robes de mariée, des robes d'enterrement : sauras-tu me vêtir, mon chéri, sauras-tu recouvrir mon corps nu, entaillé, cassé ? je voudrais une autre bague à pierre de lune, Bernardo (me souffla-t-elle de sa voix la plus secrète), tu me l'offriras ? tu ne me laisseras pas mourir de froid ? sauras-tu voler tout ça ? dit-elle avec un rire soudain, parce que tu n'as pas le sou, n'est-ce pas, tu n'es qu'un pauvre poète, tu n'as même pas de quoi payer ton enterrement, elle éclata de rire et je la laissai choir, Tonio se précipita vers nous en proie à la fureur, t'es vraiment un empoté, y a rien à faire, même si ce n'est qu'un mannequin, ce n'était pas la peine de m'envoyer la chercher si c'était pour l'abîmer, vraiment y a rien à tirer de toi, tête de linotte, crétin, on ne sait jamais ce qui va te passer par le crâne !

— Elle veut des habits de luxe.

— Eh bien trouve-lui un millionnaire pour l'entretenir et la balader dans son yacht !

TONIO

Nous sommes restés plusieurs jours sans nous parler. Nous avons ainsi laissé la tension de l'autre soir se durcir, s'aigrir, parce que nous ne voulons pas reconnaître le mot *jalousie*. Je suis un lâche. Il y a quelque chose de plus important que nos passions ridicules. J'aurais dû avoir le courage de te le dire, Bernardo, c'est une femme très délicate, il ne faut pas la brutaliser. J'ai dû lui céder mon lit, elle avait les mains qui tremblaient affreusement. Elle ne peut pas vivre et dormir debout comme un cheval. Allons. Je lui ai préparé du bouillon de poule et du riz blanc. Elle me remercie de son regard immémorial. Tu devrais avoir honte de ta réaction le jour de la fête. Tes petites rognes me semblent ridicules. Maintenant tu nous laisses seuls tout le temps, et il arrive même que tu ne rentres pas de la nuit. Alors elle et moi nous écoutons une lointaine musique de mariachis, qui entre par la fenêtre ouverte. Nous ne savons pas d'où vient cette musique. Mais l'activité la plus mystérieuse de la ville de Mexico consiste peut-être à jouer de la guitare tout seul la nuit entière. La Desdichada dort, elle dort à mes côtés.

BERNARDO

Ma mère m'a dit que si je me trouvais un jour en manque de chaleur familiale, je pouvais rendre visite à sa cousine espagnole Fernandita qui habitait une jolie maison dans la Colonia del Valle. Je devais me montrer discret, m'avait-elle dit. La cousine Fernandita est petite et douce, mais son mari est un grincheux qui se venge à la maison des douze heures quotidiennes qu'il passe derrière son comptoir de vins importés, d'huile d'olive et de fromages. La maison est imprégnée des mêmes odeurs que la boutique, mais en plus propre : en entrant, on a l'impression qu'on vient de passer la serpillière à l'eau savonneuse dans chaque recoin de cette villa méditerranéenne en crépi pastel plantée au milieu d'une pinède transparente dans la vallée de l'Anáhuac. Il y a un jeu de croquet sur la pelouse, où l'on peut voir ma cousine Sonsoles à toute heure du jour, un maillet à la main, penchée en avant et coulant un regard sous l'ogive formée par l'axe de l'aisselle et le bras écarté, en direction de l'imprudent visiteur masculin qui fait son apparition dans la lumière contrastée du crépuscule. Je suis sûr que la cousine Sonsoles va finir avec une sciatique : elle doit rester pliée en deux comme ça pendant des heures. Cela lui permet de présenter son arrière-train face à l'entrée du jardin et de le mouvoir de manière suggestive : formes moulées et brillantes dans une robe de satin rose très ajustée. C'est la mode des années trente ; la cousine Sonsoles elle aussi a vu Jean Harlow dans *Mers de Chine.*

J'ai besoin d'un espace entre Tonio, moi et notre invitée de bois. De bois, me dis-je en marchant dans l'avenue Nuevo León jusqu'à cet espèce d'enclos qui sépare la Colonia Hipódromo de l'avenue Insurgentes ; je marche dans cette plaine de bruyères menaçantes jusqu'à l'avenue ombragée que je traverse pour rejoindre la Colonia del Valle : La Desdichada est en bois. Je ne vais pas m'en consoler avec une putain du Waikiki, comme le voudrait ou le ferait, cyniquement, Tonio. Mais si je crois que Sonsoles va me consoler de quoi que ce soit, je me trompe. La fille esseulée cesse de jouer au croquet et m'invite à passer au salon. Elle me demande si je veux prendre le thé et je réponds que oui, amusé par l'après-midi britannique que la cousine s'est inventée. Elle s'éloigne d'un air aguicheur, et revient bientôt avec un plateau, une théière et des tasses. Incroyablement rapide. Elle m'a à peine donné le temps de me laisser déprimer par le côté kitsch à la Romero de Torres du salon pseudo-gitan, rempli de châles brodés sur des pianos noirs, de vitrines avec des éventails déployés, de statues de Don Quichotte et de meubles sculptés de scènes représentant la chute de Grenade. Il est difficile de s'installer à prendre le thé en appuyant la tête sur un relief du triste Boabdil et de son austère mère, tandis que la cousine Sonsoles s'assied sous un chapiteau représentant Isabelle la Catholique au camp de Santa Fe.

— Une tasse de thé, jeune homme ? me demande la zonzon.

Je réponds par l'affirmative avec mon sourire le plus — comment dire, *gentleman.* Elle me sert. La tasse ne dégage aucune vapeur. Je goûte et je recrache, involontairement. C'est une espèce de cidre, un jus de pomme tiède, inattendu, répugnant. Elle me considère de ses yeux châtains très ronds, hésitant entre le rire et l'air offensé. Je ne sais que lui dire. Je la regarde avec sa théière à la main, dans sa robe de vampiresse hollywoodienne, maintenant penchée pour verser la boisson de manière à montrer ses seins : les seins parsemés de taches de rousseur, tentateurs, de la cousine Sonsoles qui me fixe de son regard interrogateur, qui me demande si je vais jouer avec elle. Mais je ne vois que ce visage pâle, sans charme, long et étroit, décoloré en fait, monial, protégé de l'air et du soleil pendant quinze cents ans — depuis la prise de Grenade ! — pour ressortir tel un fantôme conventuel, livide, au siècle du maillot de bain, du tennis et des crèmes solaires.

— Une tasse de thé, jeune homme ?

Elle doit avoir une maison de poupées dans sa chambre. Puis arrive la tante Fernandita, ah quelle surprise, reste donc dîner, reste coucher, Bernardito, Feliciano a dû partir pour Veracruz pour dédouaner des marchandises, il ne rentrera pas avant jeudi, reste avec nous, mon garçon, allons, ça tombe très bien, ta mère sera très contente.

TONIO

Bernardo ne rentre pas à la maison. Je pense à lui ; je n'aurais pas imaginé que son absence me préoccuperait tant. Il me manque. Je me demande pourquoi. Qu'est-ce qui nous réunit ? Je la regarde, elle, toujours endormie les yeux ouverts et languides. Elle ne ressemble à aucun autre mannequin ; qui lui a donné ce regard si particulier ?

Depuis notre enfance, notre vocation littéraire n'a récolté que mépris. Ou désapprobation. Ou pitié. Je ne sais pas ce que Bernardo va écrire. Ni ce que je vais écrire, moi. Mais notre amitié dépend de ce que disent les autres : ils sont fous ; ils veulent être écrivains. Comment est-ce possible ? Dans ce pays maintenant ouvert à toutes les ambitions, argent facile, pouvoir facile, voies d'ascension sociale ouvertes à tous... Ce qui nous unit c'est que Lázaro Cárdenas soit président et redonne un peu de sérieux moral à la politique, pendant quelque temps du moins. Nous sentons que Cárdenas n'accorde la valeur suprême ni au pouvoir ni à l'argent, mais à la justice et au travail. Il veut faire des choses, et quand je vois son visage d'indigène dans le journal, je sens qu'il est habité par une pensée angoissante, une seule : que le temps est court ! Après lui reviendront les pilleurs, les arrogants, les assassins. C'est inévitable. Quelle chance, Bernardo, que notre jeunesse se soit passée sous l'égide d'un homme sérieux et honnête. Et si le pouvoir peut avoir le sens de l'éthique, pourquoi deux jeunes gens comme nous qui ont envie de devenir écrivains ne le deviendraient-ils pas ?

(Ils sont fous : ils écoutent de la musique sans instruments, la musique du temps, orchestres de la nuit. Je donne son bouillon à La Desdichada. Elle le boit, muette et reconnaissante. Comment Bernardo peut-il être si sensible en tout et si violent avec une femme infirme qui ne demande qu'un peu d'attention, de soin, de tendresse ?)

BERNARDO

J'ai rencontré Arturo Ogarrio dans un couloir de la Preparatoria et il m'a remercié pour le dîner de l'autre soir. Il m'a demandé s'il pouvait m'accompagner — où allais-je ? J'ai reçu ce matin, chez la tante Fernandita où j'habite en attendant que passe l'orage avec Tonio, un chèque de ma mère qui vit à Guadalajara.

Je vais le dépenser en livres. Ogarrio me prend le bras pour m'arrêter ; il m'invite à admirer un instant la symétrie du patio colonial, les arcades, les piliers de l'ancien collège de San Ildefonso ; il se plaint des fresques d'Orozco, ces caricatures violentes qui rompent l'harmonie du cloître avec leur défilé d'oligarques, leurs mendiants, leur Liberté enchaînée, leurs prostituées difformes et leur Pancréator bigle. Je lui demande s'il préfère l'abominable vitrail porfiriste de l'escalier, hommage plein d'espoir dans le progrès : le salut par l'Industrie et le Commerce, en couleurs. Il me répond que la question n'est pas là, la question est que l'édifice représente un accord tandis que la fresque d'Orozco représente un désaccord. C'est justement ce qui me plaît à moi, qu'Orozco ne soit pas d'accord, qu'il dise aux curés, aux politiciens et aux idéologues que les choses ne vont pas aller bien, tout le contraire de Diego Rivera qui va proclamant que cette fois ça y est tout va marcher comme sur des roulettes. Non.

Nous prîmes le courage d'entrer dans la librairie des Frères Porrúa. Barricadés derrière leurs comptoirs vitrés, les employés, plantés les bras croisés, interdisaient le passage de l'éventuel client et lecteur. Leurs vestons marron, leurs cravates noires, leurs fausses manches noires jusqu'aux coudes annonçaient un *ils ne passeront pas* définitif.

— Ça vous a sans doute été plus facile de vous procurer cette grande poupée que vous avez chez vous, déclara tranquillement Arturo, que d'acheter un livre ici.

Je posai mon chèque sur le comptoir et par-dessus le chèque ma carte d'étudiant. Je demandai le *Romancero gitan* de García Lorca, le *Sachka Iegulev* d'Andreïev, *La Révolte des masses* d'Ortega y Gasset, et la revue *Letras de México* qui m'avait publié, caché tout au fond, un petit poème...

— À moins que, comme dit Ventura, vous n'ayez couru le risque de la voler...

— Elle est en chair et en os. L'autre soir, elle ne se sentait pas bien. C'est tout. Tiens, ajoutai-je précipitamment, je te fais cadeau du livre d'Ortega y Gasset, tu le connais ?

Impossible, déclara l'employé. Il fallait que j'aille d'abord toucher le chèque dans une banque, puis revenir payer en liquide ; on n'accepte pas les chèques ici, ni aucun endossement, rien de ce genre, dit le vendeur aux manches noires sur son veston couleur café en reprenant les livres un à un avec minutie :

— Vous comprenez, jeune homme, ici on ne fait confiance à personne.

— Tonio cherchait le roman d'Andreïev depuis un bon bout de temps. Je voulais le lui offrir. C'est l'histoire d'un jeune révolté. Un anarchiste, plus exactement — je le regardai droit dans les yeux de nouveau : Elle est en chair et en os.

— Je sais, répondit Ogarrio avec son sérieux coutumier. Viens avec moi.

TONIO

Je crois que grâce à mes soins, elle se sent mieux. Cela fait plusieurs nuits que Bernardo n'est pas rentré, il ne m'aide donc en rien. Je passe des heures entières à la veiller, attentif à ses plaintes, à ses besoins. Je la comprends : dans son état, elle nécessite des attentions de tous ordres. Bernardo est responsable du fait qu'elle aille mal : il devrait être là, pour m'aider, au lieu de se tapir dans sa rancune. Grâce au ciel, elle va mieux. Je contemple son visage aux traits doux et fins.

...

... J'éprouve une immense sensation de sommeil, inhabituelle dans la journée.

...

Je rêve que je parle avec elle. Mais elle parle seule. Je parle mais elle ne m'écoute pas. Elle s'adresse, par-dessus ma tête, ou à mes côtés, à une autre personne qui se trouve au-dessus ou derrière moi ; je ne la vois pas. Cela me plonge dans la mélancolie. Je crois en quelqu'un qui n'existe pas. Puis elle me caresse. Elle, oui, elle croit en moi.

...

Je suis réveillé par l'égratignure en plein visage. Je porte la main à ma joue et je contemple le sang sur mes doigts. Je la vois, éveillée, assise sur le lit, immobile, en train de me regarder. Sourit-elle ? Je saisis sa main gauche avec violence : il lui manque l'annulaire.

BERNARDO

Il me conseilla de ne pas perdre mon temps avec de prudes fiancées pas plus qu'avec des putains. Encore moins avec des poupées ! dit-il en riant tandis qu'il se déshabillait.

Je compris dès que j'entrais dans l'appartement de la Plaza Miravalle, rempli de paravents chinois et de miroirs à cadre doré, de divans moelleux et de tapis persans, où flottait une odeur d'églises perdues et de villes lointaines ; nul autre endroit de la capitale ne sentait comme cet appartement dans lequel elle apparut de derrière un rideau, son double mais en femme, pâle et svelte, presque sans poitrine mais dotée d'une toison pubique abondante, comme si la sombre profondeur du sexe devait compenser la platitude du torse adolescent : amandes et savons inconnus. Elle avança, avec sa longue chevelure largement répandue, ses yeux endormis et ombreux, ses lèvres peintes d'un rouge très vif pour dissimuler l'absence de chair : la bouche n'était formée que de deux traits rouges, comme celle d'Arturo. Nue, mais portant des bas noirs qu'elle retenait, la pauvre, avec ses mains, difficilement, se griffant presque les cuisses.

— Arturo, je t'en prie…

Elle lui ressemblait comme une jumelle. Il sourit et dit que non, ils n'étaient pas frère et sœur, ils s'étaient simplement cherchés longtemps, jusqu'au jour où ils s'étaient trouvés. La pénombre venait d'elle. Lui avait demandé à son père : ne jette pas les vieux meubles, tout ce que tu ne vendras pas, donne-le-moi. Sans les meubles, l'appartement ne serait peut-être pas tel que je le voyais en ce moment : une caverne enchantée en plein cœur de la Plaza Miravalle, près du glacier Salamanca où nous allions nous régaler à l'époque de délicieuses glaces au citron…

— C'est peut-être ça qui l'a attirée : les rideaux, les tapis, les meubles…

— La pénombre, dis-je.

— Oui, la pénombre aussi. Ce n'est pas facile de trouver exactement cette lumière. Ce n'est pas facile de trouver quelqu'un qui non seulement te ressemble physiquement, mais qui veut être comme toi, qui veut être toi. Moi, en revanche, je ne veux pas être comme elle. Je voudrais être elle, tu comprends ? C'est pour cela que nous nous sommes cherchés jusqu'au jour où nous nous sommes rencontrés. Attirés l'un vers l'autre, mais dans une certaine répulsion aussi.

— Arturo, s'il te plaît, mon porte-jarretelles. Tu m'as promis.

— Ma pauvre !

Elle ne faisait l'amour avec un autre, me raconta-t-il, que si lui était là, s'il participait. Il ôta sa veste gris sombre, la cravate noire, le col dur. Il laissa tomber le bouton doré du col dans une petite boîte de laque noire. Elle le regardait, fascinée, en oubliant les jarretelles. Elle laissa ses bas glisser jusqu'aux chevilles. Puis elle tourna les yeux vers moi et se mit à rire.

— Arturo, ce garçon en aime une autre — tout en riant, elle prit ma main dans la sienne, moite, main nerveuse inattendue chez cette femme couleur de lune décroissante, sans doute atteinte de la maladie du siècle romantique : elle ressemblait à un dessin tuberculeux fait par Ruelas, et je pensai à La Desdichada et à un vers du *Romancero* de Lorca que je n'avais pu acheter le matin, où le poète dit de la danseuse andalouse que c'est une *paralytique de la lune.* — Arturo, regarde-le, il a peur, il est de ceux qui n'aiment qu'une seule femme, je les connais ! je les connais ! ils cherchent une femme, une seule, ce qui leur permet de coucher avec toutes, les cochons, sous prétexte qu'ils sont en quête de la seule et unique. Regarde-le : un jeune homme de bonne famille !

Elle riait aux éclats. Des cris de bébé l'arrêtèrent. Elle lança un juron et se précipita avec ses bas autour des chevilles derrière un paravent. Je l'entendis bercer l'enfant. « Mon petit, mon mignon, dors, ne t'occupe pas d'eux... », tandis qu'Arturo Ogarrio se laissait tomber à plat dos, nu, sur le divan encombré de coussins à arabesques et d'oreillers à motifs cachemire.

— Je ne me fais pas d'illusions. C'est toujours lui qu'elle a préféré. Dès le début, la petite tête posée sur son épaule, ces regards en douce, ces escapades tous les deux dans la salle de bains, la chipie !

TONIO

Quand Bernardo l'a brutalisée, elle n'a rien dit. Mais la nuit suivante, elle m'a fait des reproches :

— Vas-tu prendre ma défense ou non ? vas-tu me défendre… ? me demanda-t-elle à plusieurs reprises.

BERNARDO

Ma mère ne m'écrit de Guadalajara que pour me dire ceci : Elle a enlevé la tunique, le pantalon, la ceinture qui étaient sur le lit. Elle a ramassé les bottes. Elle a secoué les habits, ciré les bottes et rangé le tout dans une malle. Elle n'en a plus besoin. Elle a vu mon père. Un ingénieur qui filmait les événements politiques et les cérémonies officielles des dernières années, l'avait invitée elle et d'autres familles partisanes de don Venustiano Carranza à venir voir un film chez lui. Un film muet, probablement. Qui retraçait l'histoire depuis les bals du centenaire jusqu'à l'assassinat de don Venustiano et l'arrivée au pouvoir de ces abominables types du Sonora et du Sinaloa. Tout ça n'avait pas d'importance, tout ça ne l'intéressait pas. Mais là, lors d'une cérémonie au Congrès, dans la rue Donceles, derrière le président Carranza, il y avait ton père, Bernardo, mon fils, ton père debout, tellement beau, très sérieux, très raide, protégeant le président, dans l'uniforme que j'ai si précieusement gardé, ton père, imagine mon fils, en train de bouger, de lisser sa moustache, la main sur le ceinturon, regardant, me regardant, mon fils, me regardant moi, Bernardo. Je l'ai vu. Tu peux revenir.

Comment expliquer à ma mère que je ne peux me consoler de la mort de mon père avec du cinéma et son simulacre de mobilité ? que ma façon à moi de garder mon père vivant est de l'imaginer toujours à mes côtés, invisible, une voix plus qu'une présence physique, une voix qui répond à mes questions, malgré son mutisme devant tous les actes venant de moi qui le renient et l'assassinent une deuxième fois aussi sûrement que les balles. J'ai besoin de la proximité d'un père pour m'autoriser à parler. La voix de mon père est l'aval secret de ma propre voix. Bien que je sache que par mes paroles, même si c'est lui qui les inspire, je dessaisis mon père de son autorité, j'entre en rébellion, et qu'ensuite j'essaie d'imposer l'obéissance à mes propres enfants.

La Desdichada m'épargnera-t-elle les obligations familiales ? La poupée immobile pourrait-elle me libérer des responsabilités du sexe, du mariage, des enfants, me rendre disponible pour la littérature ? La littérature peut-elle être mon sexe, mes noces et ma descendance ? La littérature peut-elle remplacer jusqu'à l'amitié ? Est-ce pour cela que je hais Tonio qui se laisse aller à la vie, sans chercher plus loin ?

TONIO

J'entends le pas de Bernardo dans l'escalier. Il revient ; je le reconnais. Comment l'informer de ce qui s'est passé ? Il le faut. Dois-je aussi le prévenir qu'elle est dangereuse, au moins à certains moments, et que nous devons être vigilants ? Le lit est mouillé d'urine. Elle ne me reconnaît plus. Elle s'effondre dans les coins, elle me repousse. Qu'est-ce que cette femme attend de moi ? Comment puis-je le savoir si elle garde un silence aussi obstiné ? Il faut que je raconte tout à Bernardo : j'ai tout essayé ; le lit est mouillé ; elle ne me reconnaît pas, elle ne reconnaît pas son Tonio, mon âne-Tonio comme on me disait quand j'étais petit. Elle fait pipi au lit, elle ne me reconnaît pas, il faut lui préparer des bouillies, l'habiller, la déshabiller, la laver, la border, lui chanter des berceuses… Je l'ai prise dans mes bras, je l'ai bercée, maintenant tu es à moi, petite fille, lui ai-je dit, poupon bébé voilà le croque-mitaine… En désespoir de cause, je la jette loin de moi. Elle tombe par terre dans un bruit épouvantable de bois contre bois. Je me précipite pour la ramasser, l'embrasser. Mon Dieu, que veux-tu, pauvre inconsolée, pourquoi ne me dis-tu pas ce que tu veux, pourquoi ne me prends-tu pas dans tes bras, pourquoi ne me laisses-tu pas entrouvrir ton peignoir, soulever tes jupes, vérifier si ce que je sens de ton désir est exact, pourquoi ne me laisses-tu pas embrasser tes seins, poupée, mets tes bras autour de moi, fais-moi mal à moi si tu veux, mais pas à lui, lui il a des choses à faire, tu comprends, Desdichada ? il doit écrire, lui tu ne peux pas lui faire de mal, tu ne peux pas le griffer, l'infecter, le faire douter, le blesser avec ta perversité polymorphe, je connais ton secret, poupée, c'est ta perversion, lui il est pur, il est le poète jeune, nous aurons eu la chance de connaître sa jeunesse, la naissance de son génie, la nativité du poète.

Mon frère, mon ami.

Depuis que je t'ai rencontré, j'ai compris combien il était important de fixer l'image de soi au moment où la jeunesse et le talent se reconnaissent : le signe de cette reconnaissance peut se manifester comme l'étincelle d'un don, voire la flambée d'un génie. Cela se saura plus tard (tu comprends ce que je dis, Desdichada ?). Ce que l'image de l'artiste jeune (Bernardo, toi qui montes l'escalier) nous dit c'est que l'on peut revenir à cet instant : l'image a révélé une vocation ; si celle-ci vient à défaillir, l'image lui redonne vie. Tu te souviens, Bernardo ? J'avais découpé dans une gravure l'autoportrait de Dürer jeune et je te l'avais glissé dans un coin du cadre du miroir : à mon ami, au jeune poète, à celui qui va écrire ce que je ne pourrai jamais écrire moi-même. Tu as peut-être compris. Tu n'as rien dit. Moi aussi j'écris, mais la capacité à convoquer le mal me fait peur. Si la création est absolue, elle doit révéler le mal au même titre que le bien. Tel doit être le prix de la création : si nous sommes libres, nous le sommes pour créer comme pour détruire. Si nous ne voulons pas imputer à Dieu la responsabilité de ce que nous sommes et de ce que nous faisons, nous devons nous en rendre responsables nous-mêmes, tu ne crois pas, Bernardo ? tu ne crois pas, ma pauvre inconsolée ?

Crois-tu qu'elle ait le droit de s'interposer entre toi et moi, de détruire notre amitié, de t'ensorceler, d'étouffer ta vocation, de libérer en toi les forces du mal, de te détourner de ton romantisme monogamique, de t'attirer dans sa perversité avide de formes ? Je ne sais pas ce que tu en penses. Moi je l'ai vue de près. J'ai pu observer ses changements d'humeur, de temps, de goût, d'âge ; à un moment elle est tendre, à l'autre elle est violente ; elle naît à certaines heures, à d'autres elle semble au bord de la mort ; elle est éprise de la métamorphose, non de la forme inaltérable de la statue ou du poème. Bernardo, mon ami, mon poète, ne t'occupe plus d'elle, la fascination qu'elle exerce sur toi t'est néfaste, ton rôle est de fixer les mots dans une forme telle qu'elle permette de les transmettre aux autres : c'est à *eux*, les autres, qu'il revient de rendre aux mots leur fluidité, leur instabilité, leur incertitude ; à toi on ne peut te demander de donner forme aux mots épars et usés et ensuite de les réanimer toi-même : ça c'est moi qui dois le faire, moi ton lecteur, pas toi, mon créateur.

Elle veut te faire croire le contraire : rien ne doit jamais se fixer, tout doit rester fluide, là est le plaisir, la liberté, la diversité, l'art, la vie. L'as-tu entendu gémir la nuit ? As-tu jamais senti ses ongles sur ta figure ? L'as-tu vue assise sur le cabinet ? As-tu été obligé de nettoyer ses saletés dans le lit ? L'as-tu jamais bercée ? Lui as-tu préparé sa purée ? Sais-tu ce que c'est de vivre toute la journée avec cette femme sans voix ni parole ? Excuse-moi, Bernardo, mais sais-tu ce que c'est que de lui ouvrir la main et de trouver cette chose dedans…

Parfois je me vois derrière lui dans la glace, quand nous sommes pressés et que nous sommes obligés de nous raser tous les deux en même temps. Le miroir est comme un abîme. Je pourrais y sombrer, mais peu importe. Bernardo, tout ne se passe pas que dans la tête, comme tu le crois parfois.

BERNARDO ET TONIO

Elle m'a glissé à l'oreille, dans un souffle de poussière : Comment préfères-tu mourir ?

T'imagines-tu crucifié ? Couronné d'épines ? Dis-moi si tu aimerais mourir comme Lui. Tu en aurais le courage, misérable ? Demanderais-tu une mort comme la sienne ? Ne te bouche pas les oreilles, pauvre diable ! Tu veux me posséder et tu n'es pas capable de penser à une mort qui me ferait t'adorer ? Eh bien, je vais te dire ce que je ferai de toi, Tonio, âne-Tonito, meurs de maladie, jeune ou vieux, assassiné comme le père de ton ami Bernardo, renversé par une voiture dans la rue, dans une rixe de cabaret, pour une pute, fusillé, tu peux mourir n'importe comment, âne-Tonio, je te ferai exhumer, je pilerai ton squelette jusqu'à le réduire en poudre puis je le glisserai dans un sablier, pour lui faire mesurer le passage des jours : je te transformerai en horloge à sable, mon petit, et je te retournerai toutes les demi-heures, ça me fera une occupation jusqu'à la fin de mes jours, de te mettre sur la tête toutes les trente minutes, que penses-tu de mon idée ? elle te plaît ?

BERNARDO

Maintenant je le sais : Je rentre pour m'occuper d'elle. Je pénètre silencieusement dans l'appartement. J'ouvre la porte avec précaution. Je suis sûr qu'avant même d'entrer, j'entends la voix, très basse, très lointaine, disant je crois en toi, je ne suis pas mauvais, je crois en toi. Je poussai brutalement la porte et la voix se tut. Je déteste entendre des paroles qui ne me sont pas destinées. Peut-on être poète quand on est comme ça ? Moi je le pense profondément : les mots que je dois écouter ne me sont pas forcément adressés, ce ne sont pas seulement mes mots mais ce ne sont jamais ceux que je ne devrais pas entendre. Je me suis dit que l'amour est un abîme ; le langage aussi, et la parole de confidence à l'autre, la parole de l'intrigue et du secret — paroles de commères, de politiciens, d'amants déloyaux — ne sont pas les miennes.

Le poète n'est pas un fouineur ; c'est peut-être la fonction du romancier ; je ne sais pas. Le poète ne cherche pas, il reçoit ; il ne regarde pas par le trou des serrures, il ferme les yeux pour voir.

Elle cessa de parler. J'entrai et je trouvai Tonio allongé sur mon lit, les bras croisés sur la figure. Je perçus le clair *glou-glou de l'eau ensorcelée.* J'entrai doucement dans la salle de bains, écartant le rideau de perles et son bruissement asiatique.

Elle était là, au fond de la baignoire remplie d'eau bouillante, déteinte déjà, il ne restait plus qu'une ombre de sourcils, de lèvres, de regard langoureux, commençant à s'écailler, couverte d'ampoules dues à la chaleur humide, immergée dans un verre mortel, sa dernière vitrine, les longs cheveux noirs enfin libérés, flottant comme des algues, enfin propres, démêlés, endormie ma dame dans la vitrine d'eau où personne ne peut plus la voir ni l'admirer ni la désirer ; ni l'imaginer, plus jamais, pauvre inconsolée...

Et pourtant, je dus la sortir et la prendre de nouveau dans mes bras, la bercer, maintenant tu es à moi, à moi seulement, endors-toi mon cœur...

Et si je te prenais au mot, dis-je à Tonio, et que j'emmenais un jour La Desdichada prendre le thé chez la tante Fernandita, et que la cousine Sonsoles nous serve une tisane insipide qui en réalité est du jus de pomme, puis que la crétine nous invite à monter dans sa maison de poupées pour nous installer là tous les trois ? Qu'est-ce qui se passerait alors ? hein, lançai-je à Tonio. Tiens, voilà un foulard, un slip et des bas. J'ai ramassé ça pour elle, là-bas.

TONIO

Pendant toute la soirée, Bernardo ne lui a pas jeté un œil. Il ne regardait que moi. Tant pis ; j'accepte ses reproches. Il ne m'adresse pas la parole. Je ne réponds pas à son interrogation silencieuse. Je pourrais lui dire, même si ce n'est pas vrai : Tu sais bien pourquoi ; elle a refusé de m'aimer.

Je suis allé acheter le cercueil aux pompes funèbres du coin.

Teófilo Sanchez et Ventura del Castillo sont arrivés. Ce dernier apportait un bouquet de tubéreuses très parfumées. Arturo Ogarrio, lui, fit son entrée avec deux grands cierges qu'il disposa à la tête du cercueil et qu'il alluma.

Triste et ne pouvant dormir, je suis sorti manger un sandwich en bas dans la rue. Bernardo est descendu derrière moi. Il s'est arrêté dans la cour. Il a contemplé le fond du puits à sec. Il s'est mis à pleuvoir : les grosses gouttes rondes et chaudes du mois de juillet sur le haut plateau mexicain. Ce tropique juché dans le ciel. Les chats du voisinage ont dégringolé des toits et des auvents de l'immeuble.

Quand je suis revenu en courant, me protégeant de la pluie torrentielle avec un exemplaire des *Ultimas Noticias de Excélsior*, le col de la veste relevé, secouant l'eau de mes épaules et en tapant les pieds par terre, le cercueil était vide et aucun des quatre — Ventura, Teófilo, Arturo, Bernardo — n'était là.

J'ai étalé le journal mouillé sur le divan. Je ne l'avais pas encore lu. En outre, dans cette maison on conserve les journaux pour alimenter le chauffe-eau. J'ai lu l'article en date du 17 juillet 1936 : quatre généraux s'étaient soulevés contre la République espagnole, depuis la Grande Canarie. Francisco Franco s'était envolé de La Palma pour Tétouan dans un avion nommé Dragon Rapide.

BERNARDO

I

Des mois plus tard, la solitude me conduisit au Waikiki. Ma tante Fernanda accepta que je vienne habiter chez elle. Bon, je l'avoue franchement : Ma pauvreté était grande, mais pas autant que ma détresse. Je dirai même plus. J'avais besoin de la chaleur d'un foyer, et le rappel de la demeure andalouse de mes ancêtres me la fournissait, malgré les coquetteries de cette *maja* de pacotille qu'était la cousine Sonsoles. En revanche, il m'était de plus en plus difficile de supporter l'oncle Feliciano, franquiste pur et dur, dont les voyages à Veracruz auraient été ma seule consolation si je n'avais su que don Feliciano se rendait dans ce port pour y organiser les négociants espagnols contre la république rouge de Madrid, comme il disait.

Je me mis à fréquenter le cabaret, dépensant bêtement le chèque de ma mère sur les entraîneuses et le rhum. Cela c'était le monde de Tonio, pas le mien ; peut-être mon désir secret était-il de l'y rencontrer, de me réconcilier avec lui, d'oublier La Desdichada, de retrouver la commodité de notre mode de vie, qui nous permettait de partager les dépenses auxquelles chacun de nous ne pouvait faire face à lui tout seul.

Il y a autre chose encore (que je dois avouer aussi) : Les virées dans la boîte de nuit me replongeaient dans le mystère de la ville. Le Waikiki était une cachette publique en même temps qu'une agora secrète. Là, on pouvait se sentir plongé dans la vaste énigme de la ville la plus ancienne du Nouveau Monde, celle que l'on pouvait atteindre en train, en avion ou en voiture, y descendre dans un hôtel, fréquenter les restaurants et visiter les musées, mais sans jamais la voir réellement.

Le visiteur non averti ne soupçonne pas que la véritable ville de Mexico est absente. Il faut l'imaginer, on ne peut la voir directement. Elle requiert des paroles qui l'animent, comme la statue baroque exige le déplacement pour être vue, comme le poème nous impose : dis-moi. Syllabes, mots, images, métaphores : la poésie lyrique n'est complète que lorsqu'elle va au-delà de la métaphore pour atteindre l'épiphanie. Le couronnement intangible de ce réseau de rencontres est, en fin de compte, une bénédiction : l'épiphanie est bénie parce que le poème est écrit mais ne peut être vu ; il se dit (il sé-duit).

Il doit y avoir un lieu où le poète et son lecteur finalement se rencontrent : un port d'attache.

Je vois ma ville comme ce poème à l'architecture invisible, qui ne s'achève que pour se recommencer éternellement. L'achèvement est la condition du recommencement. Et recommencer c'est aller vers l'épiphanie à venir : j'évoque des noms et des lieux, Argentine et Donceles, Reforma et Madero, Santa Veracruz et San Hipólito, le *pirul* et l'*ahuehuete*, pélican, un squelette à bicyclette et une guêpe me piquant le front, Orozco et Tolsá, Librairie Porrúa Hermanos et Café de Tacuba, cinéma Iris, pierre de soleil et soleil de pierre, les *zarzuelas* du Théâtre Arbeu, *ahuautles* et *huitlacoche*, ananas et coriandre, *jícama* et figues de Barbarie au fromage blanc ; Desierto de los Leones, Ajusco et Colonia Roma, *muéganos* et *chilindrinas*, glaces de la rue Salamanca, Waikiki et Río Rosa, temps de pluie et temps de sécheresse : Mexico D.F. Au sein du mystère retrouvé de la ville, à partir de n'importe laquelle de ses rues, en mangeant quelque chose, en entrant dans un cinéma, je pourrais retrouver mon cher ami Tonio et lui dire qu'il a été bien, qu'il a été gentil, tope là, mon vieux, on est copains de nouveau, toujours frères, allez Tonito…

Je lâchai la femme qui me frottait les genoux et reposai le verre sur la table. Le tumulte comique au milieu de la piste du dancing, le paso doble inattendu, l'atmosphère de fête taurine, le jeu de lumières chaudes, rouges, bleues, et la silhouette unique de Teófilo Sanchez, sa veste courte, ses bottes, sa boule à zéro, en train de danser sur cette musique de corrida avec la femme en robe de mariée, agitée en tous sens, brandie à bout de bras, le poète populaire la présentant haut levée à l'éminente assemblée, la montrant aux aficionados tel un trophée de chasse, oreille et queue, la bête ultra-légère, rigide et décolorée, puis retour sur le parquet, une pirouette, le bras raide levé comme pour charmer des serpents hallucinés, tourbillonnant en cercles, le crescendo du paso doble, Teófilo Sanchez lançant en l'air sa partenaire en robe de mariée avec son col boutonné jusqu'au menton et son voile sur le visage, dissimulant les signes de la vieillesse, de la détérioration, de l'eau, du feu, de la variole… les yeux infiniment tristes.

J'allais sauter sur la piste pour mettre fin à ce spectacle abominable. Ce ne fut pas nécessaire. Un autre petit tumulte se substitua au premier, comme un séisme immédiatement suivi d'un second, une nouvelle secousse qui nous fait oublier la première, lointaine déjà alors qu'elle ne remonte qu'à quelques secondes. Une commotion sur la piste, un cri discordant, des mouvements confus, des corps endoloris, des voix violées.

Puis les lumières baissèrent. Les chaleurs chaudes se dissipèrent. L'obscurité nous enveloppa. Un unique rayon de lumière glacée, lueur d'argent dans un univers de velours noir, rassembla ses splendeurs lunaires en un cercle sur la piste. L'orchestre entama un danzon extrêmement lent. Un jeune homme tout vêtu de gris sombre, au visage pâle et grands yeux cernés, les lèvres très serrées et les cheveux noirs très bien coiffés, prit dans ses bras la femme en robe de mariée et exécuta avec elle le danzon le plus lent qui soit — sur la surface d'un carreau, d'un timbre-poste presque, presque sans bouger les pieds, sans bouger les hanches ni les bras, enlacés l'un à l'autre dans un silence d'aquarium. Arturo Ogarrio et la femme rescapée, lente, cérémonieuse comme une infante espagnole, le visage caché derrière les plis du voile, mais libre enfin, je le sus alors avec soulagement, enfin maîtresse d'elle-même entre les bras de ce garçon qui dansait avec elle si lentement, si amoureusement, si respectueusement, si passionnément le danzon, tandis que moi je regardais les deux silhouettes qui s'éloignaient de plus en plus dans la lumière argentée, espaces de plus en plus amples, pour moi, pour ma vie et ma poésie, je renonçais à retrouver Tonio, j'écrivais dans la couleur de fumée de cette nuit un adieu à Mexico, en échange d'une rencontre avec la littérature...

II

Les paroles d'un poème ne recommencent à *être*, parfaites ou imparfaites, que lorsqu'elles coulent de nouveau, c'est-à-dire lorsqu'elles sont dites — *dichas. Dicha* et *des-dicha* (heur et malheur : béné*diction* et malé*diction*) : le poème que je suis en train de traduire s'intitule *El Desdichado*, mais l'original français ne contient pas ce fantôme verbal de la langue espagnole, dans laquelle dire consiste non seulement à rompre le silence mais à exorciser le mal. Le silence c'est dé-dire (*des-decir*) : une *des-dicha*. La voix est dire (*decir*) : une *dicha*. Le silencieux est le *des-dichado*, celui qui ne dit pas ou qui n'est pas dit — le maudit. Et elle, La Desdichada, ne parle pas, ne parle pas…

Je pense à tout cela et je me surprends moi-même. Mon émotion me déborde, je la transfère sur elle *qui ne parle pas* : Amour, qui que tu sois, tu t'appelles appel (appeler c'est convoquer, nommer c'est invoquer) : parle à travers moi, Desdichada, fais confiance au poète, laisse-moi te dire, laisse-moi te donner l'heur de dire : dis en moi, dis par moi, dis pour moi et en échange de ta voix, je te jure fidélité éternelle, à toi seulement. Tel est mon désir, Desdichada, et le monde tarde tant à me donner ce que je désire, une femme pour moi tout seul, moi seul pour une femme.

Laisse-moi le dire à ton oreille de bois, moi qui n'ai pas encore vingt ans : Je ne sais si le monde m'offrira jamais une femme unique et si oui, *quand*. Peut-être pour la rencontrer devrai-je contrevenir à ma propre règle (ma vertu) et séduire de nombreuses femmes avant de savoir que *celle-là*, oui, enfin, est l'unique. Et à supposer que je la rencontre, comment faire, après avoir aimé tant de femmes, pour lui dire que je n'ai jamais aimé qu'elle — que je suis, qu'on me croie ou non, *l'homme d'une seule femme* ?

Comment va-t-on me croire ? Comment prouver ma sincérité ? Et si elle ne me croit pas, comment vais-je croire en elle ? Que tous pardonnent à un écrivain de dix-neuf ans d'avoir ces pensées ; peut-être la confiance est-elle une chose plus simple que toutes ces considérations. Ma crainte, cependant, est celle d'une réalité que l'on connaît mieux dans l'adolescence, bien qu'elle nous accompagne, masquée, durant toute notre vie : l'amour est un abîme.

Je préfère parier sur ma confiance en une seule femme dès maintenant : La Desdichada sera-t-elle mon abîme, la première, meilleure et plus constante bien-aimée de ma vie ? Tonio se moquerait de moi. Comme c'est facile de compter sur la fidélité d'un mannequin en bois. Non, lui rétorquerais-je, comme c'est difficile, pour elle, de compter sur la fidélité d'un homme en chair et en os.

III

Vingt-cinq ans plus tard, je revenais de toutes les villes du monde. J'avais écrit. J'avais aimé. J'avais fait des choses selon mon plaisir. J'avais essayé d'en faire de la littérature. Mais les choses qui m'avaient donné du plaisir se suffisaient à elles-mêmes. Elles ne voulaient pas se transformer en mots. Goûts et dégoûts, sympathies et antipathies se combattaient. Avec un peu de chance, cela donnait de la poésie. Celle de la ville changeante reflétait mes propres tensions.

J'appris qu'on allait démolir le vieux Waikiki et je décidai de m'y rendre un soir. C'était la dernière nuit du cabaret. J'aperçus Tonio de loin. Il avait grossi et arborait une moustache impressionnante. Nous n'avions pas besoin de nous faire signe. Et moi à quoi ressemblais-je à ses yeux au bout d'un quart de siècle ? Nous avançâmes entre les tables et les couples de danseurs pour nous tendre la main et nous asseoir ensemble. Tout cela se passa en silence tandis que l'orchestre jouait l'hymne des danzons, *Nereidas.* Alors nous nous mîmes à rire. Nous avions oublié le rituel de l'amitié certifiée. Nous nous levâmes. Nous nous étreignîmes en nous tapant fort dans le dos, sur les hanches, Tonio, Bernardo, comment ça va ?

Nous refusâmes d'évoquer des souvenirs. Nous ne voulions pas de nostalgie bon marché. Le Waikiki s'en chargeait. Nous reprîmes notre conversation comme si les années n'avaient pas passé. Mais autour de nous, on célébrait la fin d'une époque ; la ville ne serait plus jamais la même, le carnaval expressionniste s'achevait ici, désormais tout serait trop grand, trop distant, atomisé ; ici s'achevait la plaisanterie théâtrale que chacun pouvait applaudir, le *bon mot* que chacun pouvait répéter, les figures qui pouvaient s'imposer et se célébrer sans concurrence extérieure : notre village rose, bleu, cristallin, nous quittait à jamais, il nous invitait à une fête qui était un requiem, les feux de la rampe se déplaçaient à l'autre bout du cabaret rempli de fumée et de tristesse pour nous confondre tous : spectacle, spectateurs, danseurs, putains, gens du quartier, orchestre, messieurs, serveurs, esclaves ; puis au milieu de cette foule en mouvement comme un serpent malade, surgirent deux silhouettes insolites : un Pierrot et une Colombine, avec tous les attributs de leur personnage : visages barbouillés de blanc, le bas noir sur la tête de Pierrot, la mimique de tragédie peinte au rouge à lèvres ; la collerette noire, le costume de clown d'un blanc satiné, les boutons noirs, les souliers de satin ; et la perruque blanche de Colombine, son bonnet de petite fée, son tutu de ballerine, sa collerette blanche, ses bas blancs, ses chaussons de danseuse ; le visage lunaire de l'un et de l'autre, caché derrière un loup.

Ils arrivèrent devant nous, prononcèrent nos deux noms ; Bernardo, bienvenue à Mexico ! Tonio, nous savions que tu serais là ! Suivez-nous ! Aujourd'hui est le dernier jour de la ville de Mexico telle que nous l'avons connue, aujourd'hui meurt une ville tandis qu'une autre vient au monde, venez avec nous !

Nous leur demandâmes leurs noms en riant.

— Ambre.

— Étoile.

— Venez avec nous.

Ils nous emmenèrent, de taxi en taxi, pressés les uns contre les autres, dans le parfum intense qui se dégageait de ces deux corps étrangers, c'était la dernière nuit de la ville que nous avions connue. *Le bal de la Saint-Charles* : c'est jusque-là que nous mena cette nuit (le couple parfumé, Pierrot et Colombine), jusqu'à la saturnale annuelle des étudiants, la fête de l'abolition des interdits médiévaux de la Royale et Pontificale Université de Mexico au milieu des escaliers et des colonnades néo-classiques du XVIIIe : déguisements, libations, libérations, le mouvement toujours menaçant de la multitude se déplaçant à travers le bal, l'ivresse, la sensualité exhibitionniste, les lumières comme des vagues ; qui allait danser avec Ambre, qui avec Étoile ? qui était l'homme, qui était la femme ? que nous disaient nos mains quand nous dansions avec Colombine, puis avec Pierrot ? et comme l'un et l'autre savaient esquiver notre toucher pour nous laisser sans sexe, avec la seule trace du parfum et du mouvement ! Nous étions ivres. Mais nous justifions notre ébriété par mille raisons : la rencontre après tant d'années, la nuit, le bal, la compagnie de ce couple, ma ville annonçant sa mort, le soupçon dans le taxi quand après y être montés tous les quatre, la fille donna l'ordre de prendre par le contrefort sous les vélums de Las Veladoras : est-ce Arturo Ogarrio et sa fiancée, son double ? demandai-je à Tonio, non, répondit-il, ils sont trop jeunes, le mieux c'est de leur arracher leur masque, on en aura le cœur net. C'est ce que nous tentâmes de faire, mais ils se mirent à crier, chacun avec sa voix d'androgyne, à pousser des cris affreux, suraigus, comme si on les avait attrapés par la queue, châtrés, glapissant comme des petits cochons, et au chauffeur de taxi ils hurlèrent, arrêtez, on nous tue, et l'homme éberlué arrêta la voiture, ils descendirent, nous étions devant la cathédrale, Ambre et Étoile se précipitèrent derrière les grilles, traversèrent le parvis en courant et s'engouffrèrent dans la superbe caverne de pierre baroque.

Nous les suivîmes à l'intérieur, mais notre recherche fut vaine. Pierrot et Colombine avaient disparu dans les entrailles de la cathédrale. Quelque chose me disait que ce n'était pas pour cela que nous étions là Tonio et moi. Sacré, profane, cathédrale, cabaret, la Prépa, la fresque d'Orozco, le carnaval de la Saint-Charles, l'agonie de Mexico ; je sentis monter la nausée, je m'agrippai à un barreau de la grille dorée face à un sombre autel latéral. Je cherchai Tonio des yeux. Tonio ne me regardait pas. Il avait saisi la grille des deux mains et son regard était intensément fixé sur l'autel. Le jour se levait et quelques dévotes qui n'avaient pas bougé de là depuis quatre siècles s'agenouillaient une fois de plus, éternellement enveloppées dans leur châle noir et fourrure d'oignon jaune. Tonio ne les regardait pas. L'encens me souleva le cœur ; cette odeur de nard pourri. Tonio regardait l'autel fixement.

La Vierge, avec sa coiffe, sa robe ivoire et or et sa cape de velours, pleurait sur son fils mort allongé sur les genoux maternels. Le Christ du Mexique, blessé comme un torero, éventré lors d'une gigantesque corrida interminable, dégoulinant de sang et d'épines : ses plaies jamais ne se referment et c'est pour ça que sa Mère pleure ; même s'Il ressuscite, Il sera à jamais blessé, encorné par le taureau. Elle a les pieds posés sur des cornes de taureau et elle pleure. Sur ses joues coulent de grosses larmes noires, profondes comme celles du Pierrot qui ne voulait pas se laisser démasquer. Il ne cessera jamais de saigner, elle ne cessera jamais de pleurer.

Je me joins à la contemplation de la Vierge. Son sculpteur l'a dotée d'un visage aux traits classiques, nez droit et yeux bien écartés, languides, à demi fermés, et d'une bouche figée, petite, peinte en forme de boutonnière. Elle a un menton légèrement prognathe, comme les infantes de Vélasquez. Elle a aussi un long cou, parfaitement adapté à sa collerette, pareille à celle de Colombine. Elle justifie enfin son personnage. Elle trouve enfin la raison et la posture de son malheur. Elle écarte les bras en implorant miséricorde pour son fils tandis que les mains ouvertes de sa pitié ne touchent pas l'objet de sa passion. À la main gauche, il lui manque l'annulaire. Ses paupières allongées, pareilles à celles d'un saurien, nous regardent, entrouvertes, nous regardent Tonio et moi comme si nous étions des pantins inanimés. C'est un regard triste, qui émane d'une grande affliction. Comme si un grand malheur lui était arrivé *dans un autre temps.*

TONIO

… l'air est devenu si trouble, la ville si énorme, si étrangère, nos destins si achevés, si accomplis, nous étions ce que nous étions, écrivains, journalistes,

fonctionnaires, éditeurs, hommes politiques, commerçants, nous n'étions plus un sera mais un fut, en ces années où l'air était si...

Vineyard Haven, Massachusetts
Été 1986

DÉCOUVREZ LES FOLIO 2 €

Parutions de novembre 2007

Benjamin CONSTANT *Le Cahier rouge*

À l'heure du bilan, l'auteur d'*Adolphe* pose sur sa jeunesse un regard tendre et amusé.

Carlos FUENTES *La Desdichada*

Une histoire d'amour étrange et onirique où raison et folie se côtoient pour nous entraîner dans l'univers du grand écrivain mexicain.

Richard WRIGHT *L'homme qui a vu l'inondation* suivi de *Là-bas, près de la rivière*

Ces textes — écrits vers 1935, soixante-dix ans avant l'ouragan Katrina — réunissent des thèmes qui hantent Wright : comment fournir un toit à ses enfants, à sa famille dans une société qui ne tire aucun profit de la protection de ses déshérités ? Katrina, cataclysme naturel, est révélateur d'un ancien déni écologique et d'une fracture historique, sociale et raciale.

Dans la même collection

R. AKUTAGAWA — *Rashômon* et autres contes (Folio n° 3931)

AMARU — *La Centurie. Poèmes amoureux de l'Inde ancienne* (Folio n° 4549)

M. AMIS — *L'état de l'Angleterre* précédé de *Nouvelle carrière* (Folio n° 3865)

H. C. ANDERSEN — *L'elfe de la rose* et autres contes du jardin (Folio n° 4192)

ANONYME — *Conte de Ma'rûf le savetier* (Folio n° 4317)

ANONYME — *Le poisson de jade et l'épingle au phénix* (Folio n° 3961)

ANONYME — *Saga de Gísli Súrsson* (Folio n° 4098)

G. APOLLINAIRE	*Les Exploits d'un jeune don Juan* (Folio n° 3757)
ARAGON	*Le collaborateur* et autres nouvelles (Folio n° 3618)
I. ASIMOV	*Mortelle est la nuit* précédé de *Chante-cloche* (Folio n° 4039)
S. AUDEGUY	*Petit éloge de la douceur* (Folio n° 4618)
AUGUSTIN (SAINT)	*La Création du monde et le Temps* suivi de *Le Ciel et la Terre* (Folio n° 4322)
J. AUSTEN	*Lady Susan* (Folio n° 4396)
H. DE BALZAC	*L'Auberge rouge* (Folio n° 4106)
H. DE BALZAC	*Les dangers de l'inconduite* (Folio n° 4441)
T. BENACQUISTA	*La boîte noire* et autres nouvelles (Folio n° 3619)
K. BLIXEN	*L'éternelle histoire* (Folio n° 3692)
BOILEAU-NARCEJAC	*Au bois dormant* (Folio n° 4387)
M. BOULGAKOV	*Endiablade* (Folio n° 3962)
R. BRADBURY	*Meurtres en douceur* et autres nouvelles (Folio n° 4143)
L. BROWN	*92 jours* (Folio n° 3866)
S. BRUSSOLO	*Trajets et itinéraires de l'oubli* (Folio n° 3786)
J. M. CAIN	*Faux en écritures* (Folio n° 3787)
MADAME CAMPAN	*Mémoires sur la vie privée de Marie-Antoinette* (Folio n° 4519)
A. CAMUS	*Jonas ou l'artiste au travail* suivi de *La pierre qui pousse* (Folio n° 3788)
A. CAMUS	*L'été* (Folio n° 4388)
T. CAPOTE	*Cercueils sur mesure* (Folio n° 3621)
T. CAPOTE	*Monsieur Maléfique* et autres nouvelles (Folio n° 4099)

A. CARPENTIER	*Les Élus* et autres nouvelles (Folio n° 3963)
C. CASTANEDA	*Stopper-le-monde* (Folio n° 4144)
M. DE CERVANTÈS	*La petite gitane* (Folio n° 4273)
R. CHANDLER	*Un mordu* (Folio n° 3926)
G. K. CHESTERTON	*Trois enquêtes du Père Brown* (Folio n° 4275)
E. M. CIORAN	*Ébauches de vertige* (Folio n° 4100)
COLLECTIF	*Au bonheur de lire* (Folio n° 4040)
COLLECTIF	*« Dansons autour du chaudron »* (Folio n° 4274)
COLLECTIF	*Des mots à la bouche* (Folio n° 3927)
COLLECTIF	*« Il pleut des étoiles »* (Folio n° 3864)
COLLECTIF	*« Leurs yeux se rencontrèrent... »* (Folio n° 3785)
COLLECTIF	*« Ma chère Maman... »* (Folio n° 3701)
COLLECTIF	*« Mon cher Papa... »* (Folio n° 4550)
COLLECTIF	*« Mourir pour toi »* (Folio n° 4191)
COLLECTIF	*« Parce que c'était lui ; parce que c'était moi »* (Folio n° 4097)
COLLECTIF	*Un ange passe* (Folio n° 3964)
COLLECTIF	*1, 2, 3... bonheur !* (Folio n° 4442)
CONFUCIUS	*Les Entretiens* (Folio n° 4145)
J. CONRAD	*Jeunesse* (Folio n° 3743)
J. CORTÁZAR	*L'homme à l'affût* (Folio n° 3693)
J. CRUMLEY	*Tout le monde peut écrire une chanson triste* et autres nouvelles (Folio n° 4443)
D. DAENINCKX	*Ceinture rouge* précédé de *Corvée de bois* (Folio n° 4146)

D. DAENINCKX — *Leurre de vérité* et autres nouvelles (Folio n° 3632)

R. DAHL — *Gelée royale* précédé de *William et Mary* (Folio n° 4041)

R. DAHL — *L'invité* (Folio n° 3694)

S. DALI — *Les moustaches radar (1955-1960)* (Folio n° 4101)

M. DÉON — *Une affiche bleue et blanche* et autres nouvelles (Folio n° 3754)

R. DEPESTRE — *L'œillet ensorcelé* et autres nouvelles (Folio n° 4318)

R. DETAMBEL — *Petit éloge de la peau* (Folio n° 4482)

P. K. DICK — *Ce que disent les morts* (Folio n° 4389)

D. DIDEROT — *Lettre sur les aveugles à l'usage de ceux qui voient* (Folio n° 4042)

R. DUBILLARD — *Confession d'un fumeur de tabac français* (Folio n° 3965)

A. DUMAS — *La Dame pâle* (Folio n° 4390)

M. EMBARECK — *Le temps des citrons* (Folio n° 4596)

S. ENDO — *Le dernier souper* et autres nouvelles (Folio n° 3867)

ÉPICTÈTE — *De la liberté* précédé de *De la profession de Cynique* (Folio n° 4193)

W. FAULKNER — *Le Caïd* et autres nouvelles (Folio n° 4147)

W. FAULKNER — *Une rose pour Emily* et autres nouvelles (Folio n° 3758)

C. FÉREY — *Petit éloge de l'excès* (Folio n° 4483)

F. S. FITZGERALD — *La Sorcière rousse* précédé de *La coupe de cristal taillé* (Folio n° 3622)

F. S. FITZGERALD — *Une vie parfaite* suivi de *L'accordeur* (Folio n° 4276)

É. FOTTORINO — *Petit éloge de la bicyclette* (Folio n° 4619)

C. FUENTES	*Apollon et les putains* (Folio n° 3928)
GANDHI	*La voie de la non-violence* (Folio n° 4148)
R. GARY	*Une page d'histoire* et autres nouvelles (Folio n° 3753)
MADAME DE GENLIS	*La Femme auteur* (Folio n° 4520)
J. GIONO	*Arcadie... Arcadie...* précédé de *La pierre* (Folio n° 3623)
J. GIONO	*Prélude de Pan* et autres nouvelles (Folio n° 4277)
V. GOBY	*Petit éloge des grandes villes* (Folio n° 4620)
N. GOGOL	*Une terrible vengeance* (Folio n° 4395)
W. GOLDING	*L'envoyé extraordinaire* (Folio n° 4445)
W. GOMBROWICZ	*Le festin chez la comtesse Fritouille* et autres nouvelles (Folio n° 3789)
H. GUIBERT	*La chair fraîche et autres textes* (Folio n° 3755)
E. HEMINGWAY	*L'étrange contrée* (Folio n° 3790)
E. HEMINGWAY	*Histoire naturelle des morts* et autres nouvelles (Folio n° 4194)
C. HIMES	*Le fantôme de Rufus Jones* et autres nouvelles (Folio n° 4102)
E. T. A. HOFFMANN	*Le Vase d'or* (Folio n° 3791)
J. K. HUYSMANS	*Sac au dos* suivi de *À vau l'eau* (Folio n° 4551)
P. ISTRATI	*Mes départs* (Folio n° 4195)
H. JAMES	*Daisy Miller* (Folio n° 3624)
H. JAMES	*Le menteur* (Folio n° 4319)
JI YUN	*Des nouvelles de l'au-delà* (Folio n° 4326)
T. JONQUET	*La folle aventure des Bleus...* suivi de *DRH* (Folio n° 3966)

F. KAFKA	*Lettre au père* (Folio n° 3625)
J. KEROUAC	*Le vagabond américain en voie de disparition* précédé de *Grand voyage en Europe* (Folio n° 3694)
J. KESSEL	*Makhno et sa juive* (Folio n° 3626)
R. KIPLING	*La marque de la Bête* et autres nouvelles (Folio n° 3753)
J.-M. LACLAVETINE	*Petit éloge du temps présent* (Folio n° 4484)
LAO SHE	*Histoire de ma vie* (Folio n° 3627)
LAO-TSEU	*Tao-tö king* (Folio n° 3696)
V. LARBAUD	*Mon plus secret conseil...* (Folio n° 4553)
J. M. G. LE CLÉZIO	*Peuple du ciel* suivi de *Les bergers* (Folio n° 3792)
J. LONDON	*La piste des soleils et autres nouvelles* (Folio n° 4320)
P. LOTI	*Les trois dames de la Kasbah* suivi de *Suleïma* (Folio n° 4446)
H. P. LOVECRAFT	*La peur qui rôde* et autres nouvelles (Folio n° 4194)
P. MAGNAN	*L'arbre* (Folio n° 3697)
K. MANSFIELD	*Mariage à la mode* précédé de *La Baie* (Folio n° 4278)
MARC AURÈLE	*Pensées (Livres I-VI)* (Folio n° 4447)
MARC AURÈLE	*Pensées (Livres VII-XII)* (Folio n° 4552)
G. DE MAUPASSANT	*Le Verrou* et autres contes grivois (Folio n° 4149)
I. McEWAN	*Psychopolis* et autres nouvelles (Folio n° 3628)
H. MELVILLE	*Les Encantadas, ou Îles Enchantées* (Folio n° 4391)
P. MICHON	*Vie du père Foucault – Vie de Georges Bandy* (Folio n° 4279)

H. MILLER	*Lire aux cabinets* précédé de *Ils étaient vivants et ils m'ont parlé* (Folio n° 4554)
H. MILLER	*Plongée dans la vie nocturne...* précédé de *La boutique du Tailleur* (Folio n° 3929)
R. MILLET	*Petit éloge d'un solitaire* (Folio n° 4485)
S. MINOT	*Une vie passionnante* et autres nouvelles (Folio n° 3967)
Y. MISHIMA	*Dojoji* et autres nouvelles (Folio n° 3629)
Y. MISHIMA	*Martyre* précédé de *Ken* (Folio n° 4043)
M. DE MONTAIGNE	*De la vanité* (Folio n° 3793)
E. MORANTE	*Donna Amalia* et autres nouvelles (Folio n° 4044)
A. DE MUSSET	*Emmeline* suivi de *Croisilles* (Folio n° 4555)
V. NABOKOV	*Un coup d'aile* suivi de *La Vénitienne* (Folio n° 3930)
I. NÉMIROVSKY	*Ida* suivi de *La comédie bourgeoise* (Folio n° 4556)
P. NERUDA	*La solitude lumineuse* (Folio n° 4103)
F. NIWA	*L'âge des méchancetés* (Folio n° 4444)
G. OBIÉGLY	*Petit éloge de la jalousie* (Folio n° 4621)
F. O'CONNOR	*Un heureux événement* suivi de *La Personne Déplacée* (Folio n° 4280)
K. OÉ	*Gibier d'élevage* (Folio n° 3752)
L. OULITSKAÏA	*La maison de Lialia* et autres nouvelles (Folio n° 4045)
C. PAVESE	*Terre d'exil* et autres nouvelles (Folio n° 3868)
C. PELLETIER	*Intimités* et autres nouvelles (Folio n° 4281)

P. PELOT	*Petit éloge de l'enfance* (Folio n° 4622)
PIDANSAT DE MAIROBERT	*Confession d'une jeune fille* (Folio n° 4392)
L. PIRANDELLO	*Première nuit* et autres nouvelles (Folio n° 3794)
E. A. POE	*Aventure sans pareille d'un certain Hans Pfaall* (Folio n° 3862)
E. A. POE	*Petite discussion avec une momie* et autres histoires extraordinaires (Folio n° 4558)
J.-B. POUY	*La mauvaise graine* et autres nouvelles (Folio n° 4321)
M. PROUST	*L'affaire Lemoine* (Folio n° 4325)
QIAN ZHONGSHU	*Pensée fidèle* suivi de *Inspiration* (Folio n° 4324)
R. RENDELL	*L'Arbousier* (Folio n° 3620)
J. RHYS	*À septembre, Petronella* suivi de *Qu'ils appellent ça du jazz* (Folio n° 4448)
R. M. RILKE	*Au fil de la vie* (Folio n° 4557)
P. ROTH	*L'habit ne fait pas le moine* précédé de *Défenseur de la foi* (Folio n° 3630)
D. A. F. DE SADE	*Ernestine. Nouvelle suédoise* (Folio n° 3698)
D. A. F. DE SADE	*La Philosophie dans le boudoir* (Les quatre premiers dialogues) (Folio n° 4150)
A. DE SAINT-EXUPÉRY	*Lettre à un otage* (Folio n° 4104)
G. SAND	*Pauline* (Folio n° 4522)
B. SANSAL	*Petit éloge de la mémoire* (Folio n° 4486)
J.-P. SARTRE	*L'enfance d'un chef* (Folio n° 3932)
B. SCHLINK	*La circoncision* (Folio n° 3869)
B. SCHULZ	*Le printemps* (Folio n° 4323)

L. SCIASCIA — *Mort de l'Inquisiteur* (Folio n° 3631)

SÉNÈQUE — *De la constance du sage* suivi de *De la tranquillité de l'âme* (Folio n° 3933)

D. SHAHAR — *La moustache du pape* et autres nouvelles (Folio n° 4597)

G. SIMENON — *L'énigme de la* Marie-Galante (Folio n° 3863)

D. SIMMONS — *Les Fosses d'Iverson* (Folio n° 3968)

J. B. SINGER — *La destruction de Kreshev* (Folio n° 3871)

P. SOLLERS — *Liberté du XVIIIème* (Folio n° 3756)

G. STEIN — *La brave Anna* (Folio n° 4449)

STENDHAL — *Féder ou Le Mari d'argent* (Folio n° 4197)

R. L. STEVENSON — *Le Club du suicide* (Folio n° 3934)

I. SVEVO — *L'assassinat de la Via Belpoggio* et autres nouvelles (Folio n° 4151)

R. TAGORE — *La petite mariée* suivi de *Nuage et soleil* (Folio n° 4046)

J. TANIZAKI — *Le coupeur de roseaux* (Folio n° 3969)

J. TANIZAKI — *Le meurtre d'O-Tsuya* (Folio n° 4195)

A. TCHEKHOV — *Une banale histoire* (Folio n° 4105)

L. TOLSTOÏ — *Le réveillon du jeune tsar* et autres contes (Folio n° 4199)

I. TOURGUÉNIEV — *Clara Militch* (Folio n° 4047)

M. TOURNIER — *Lieux dits* (Folio n° 3699)

E. TRIOLET — *Les Amants d'Avignon* (Folio n° 4521)

M. TWAIN — *Un majestueux fossile littéraire* et autres nouvelles (Folio n° 4598)

M. VARGAS LLOSA — *Les chiots* (Folio n° 3760)

Composition Nord Compo
Impression Novoprint
à Barcelone, le 30 septembre 2007
Dépôt légal : septembre 2007

ISBN 978-2-07-034774-2./Imprimé en Espagne.

152714